Dépôt Légal

Seine

N°......4943....

1887

L'ALLEMAGNE

JUGÉE PAR LA RUSSIE

LA FRANCE

JUGÉE PAR

LA RUSSIE

Comment la Russie fit la connaissance de la France. — La Gallomanie sous Catherine II et Alexandre Ier. — La Russie et la Révolution française. — Le parti libéral. — Le parti slavophile. — Dostoïeswki. — Comte Léon Tolstoï. — Les révolutionnaires russes. — Le moujik. — Les Tzars. — Les grands écrivains français jugés par les grands écrivains russes. — Les livres français en Russie. —Chanson française sur la Néva. — La Russie et l'Alsace.

Un beau volume in-18. Prix : 3 fr. 50

MICHEL DELINES

L'ALLEMAGNE

JUGÉE PAR

LA RUSSIE

> Ni plus ni moins que toute autre majesté, — leurs majestés les nations ne peuvent que gagner à apprendre ce qu'on pense d'elles.
>
> (SABBATHIER DE CASTRES, *Catherine I?, sa cour et la Russie en 1772.*)

PARIS

A LA LIBRAIRIE ILLUSTRÉE

7, RUE DU CROISSANT, 7

L'ALLEMAGNE

JUGÉE PAR LA RUSSIE

I

ORIGINE DE L'INIMITIÉ DES RUSSES
ET DES ALLEMANDS

Première rencontre des Slaves avec les Allemands. —
Mission politique des marchands de la Saxe et de
la Westphalie. — Les Allemands s'opposent à la civilisation russe. — Les premiers Allemands au service des tzars. — Ivan le Terrible et le luthérianisme.
— Les protestants et le moujik. — Le joug de Biren.
— Complète germanisation de la Russie. — « Enten-
dez-vous mugir ces féroces Allemands ? »

L'inimitié des Russes et des Allemands
date de loin, elle remonte au temps où la
vie politique commença pour le peuple
russe naissant. Dès que les Russes vou-

lurent s'étendre du côté de la mer Balti-
que, pour entrer en relation avec les puissances européennes, les Allemands cher-
chèrent à leur barrer le chemin. Il vint
d'abord de la Saxe et de la Westphalie
des marchands et des missionnaires; ces
derniers, tout en travaillant à la plus
grande gloire de Dieu, ne négligeaient
point non plus leurs intérêts terrestres, et
vers la fin du XIIIᵉ siècle les Allemands
réussirent à s'emparer de toute la Livonie,
soumettant les habitants de ces provinces
à un servage implacable. Plusieurs siècles
plus tárd, la Russie parvint à reconquérir
les provinces Baltiques, mais elles avaient
subi si longtemps l'influence allemande,
que c'est à grand' peine que le gouvernement russe est arrivé de nos jours à déli-
vrer la population rurale du joug tyran-
nique de ces barons germains.

Non contents de rejeter les Russes dans

le fond de leurs steppes, et de les laisser
seuls aux prises avec les Mongols, lors de
la terrible invasion, les Allemands mani-
festaient une jalousie inquiète et féroce,
dès que la Russie tentait, par un moyen
quelconque, d'entrer dans le courant de la
civilisation européenne.

Au milieu du xvi⁰ siècle, le tzar Ivan le
Terrible voulut faire venir en Russie des
ingénieurs et des artisans étrangers; un
de ses émissaires avait déjà engagé à peu
près une centaine d'ouvriers, lorsque le
gouvernement livonien, dans la crainte
que la Russie une fois civilisée reprît les
provinces Baltiques, obtint de Charles-
Quint qu'il refusât aux artisans le droit de
traverser ses États. Ils furent ainsi arrêtés
à mi-chemin et contraints de revenir sur
leurs pas.

C'est sous Ivan le Terrible également
que l'on commence à voir des Allemands

vendre leurs bras au tzar, à la condition qu'ils puissent s'enrichir en exploitant le paysan russe.

Ainsi, un noble livonien, Elert Kruse, étant tombé entre les mains des Russes, consentit à entrer au service du tzar; mais il stipula qu'il recevrait en échange une maison à Moscou, bâtie en pierre, et deux propriétés avec cent serfs pour les cultiver, et en outre qu'il aurait le droit de manger à la table du tzar.

Un autre Allemand, Taube, un ami de Kruse, consentit aussi à entrer au service d'Ivan le Terrible contre mille dessiatines de terre, plus trois cents serfs et le droit de vendre de l'eau-de-vie sans payer d'impôts.

Les Allemands usèrent de leur influence sur le tzar pour le détourner de ses propres sujets et l'exciter contre eux. On le vit déclarer hautement qu'il réservait le

billot pour ses sujets Russes et ses faveurs
pour les Allemands.

Ces déclarations, que confirmaient les
actes du souverain, eurent pour effet
d'éveiller dans le cœur du peuple russe
la haine de l'étranger. Sentiment d'autant
plus naturel que ces intrus qui l'oppri-
maient n'hésitaient jamais à passer au
service d'autres pays dès qu'ils y trouvaient leur profit. Kruse et Taube furent
les premiers à donner l'exemple de la dé-
fection, ils passèrent du côté des Polonais
et leur livrèrent sans aucun scrupule les
secrets que le tzar leur avait confiés.
Ivan le Terrible, tout en comblant de
biens les Allemands qui le servaient si
mal, se montra plein de tolérance pour le
culte luthérien et favorisa ouvertement les
pasteurs; il écoutait avec atttention leurs
sermons dans lesquels ils glorifiaient le
protestantisme allemand, et reconnaissait

volontiers que cette religion eût été accep-
table, si Luther n'avait pas entaché ses
doctrines de quelques hérésies, et com-
promis sa dignité par son mariage avec
une religieuse en rupture de ban.

Mais à la première trahison des Allemands, Ivan le Terrible changea d'opinion
sur Luther. Un pasteur s'étant permis un
jour, en présence du tzar, de comparer le
réformateur à l'apôtre Paul, Ivan entra
en fureur, appliqua un coup de fouet sur
la tête du prédicateur surpris, et l'accabla
d'injures...

Un missionnaire évangélique ayant ha-
sardé une tentative auprès du souverain
russe pour le ramener à de meilleurs sentiments, le terrible tzar lui répondit par
une lettre dans laquelle il caractérise en
ces termes la religion luthérienne :

« De même que Satan, chassé du ciel,
a reçu le nom de prince des Ténèbres et

ses anges celui de démons, de même votre
maître est un vrai Lioutor (terme qui signifie en russe féroce), et vous, ses adep-
tes, des traîtres. Dieu a indiqué les traits
distinctifs des faux sages : ce sont des
loups revêtus de peaux d'agneaux, qui
sous un habit modeste et un extérieur paisible apportent une religion séduisante et
dangereuse ; ce sont de vrais voleurs, des
brigands qui n'entrent pas dans la ber-
gerie par la porte, mais s'introduisent par
des voies insidieuses ; c'est ainsi que vous,
luthériens, après avoir connu la religion
de Dieu, vous usurpez la place du Christ,
vous volez et vous tuez les brebis, car personne ne vous a invités à entrer par la
porte. »

Si le luthérianisme trouvait dans le
tzar un ennemi acharné pour des motifs
politiques, il rencontrait dans le peuple
une hostilité encore plus violente, pour

des raisons d'ordre économique. C'est que
les Allemands, tout en prêchant l'Évangile, ne se faisaient aucun scrupule d'acheter des serfs et de les traiter si durement,
que les moujiks refusèrent de travailler pour les luthériens. Avant Pierre le
Grand, ces protestations du paysan russe
trouvaient grâce devant le tzar; mais depuis que le tzar-réformateur avait laissé
pénétrer les Allemands avec la civilisation,
leur nombre s'était multiplié à l'infini, et
le moujik fut livré à leur bon plaisir.

Nous voyons jusqu'où pouvait aller le
despotisme allemand par l'histoire de
l'époque de *Bironovtchina*, ainsi nommée
d'après le favori de l'impératrice Anna
Ivanovna, Iohann Ernest Biren, qui a
laissé en Russie le souvenir d'une tyrannie
insupportable. Tout le gouvernement de
l'empire moscovite se composait alors
d'Allemands; la direction de la cour était

confiée à Lœwenwald ; les affaires étran-
gères à Ostermann, les ambassades à
Korff et à Kayserling, le commandement
des armées à Lasey, à Munich, à Bismark et à Gustave Biren... Et au-dessus
de tous était placé Ernest Biren, un ancien palefrenier courlandais.

Naturellement le peuple russe ne se
soumettait pas de bonne grâce à cette domination étrangère. Pour les réduire à
l'obéissance, « Ernest Biren, raconte un
témoin de sa puissance, établit dans les
principales villes des espèces d'inquisi-
teurs chargés de veiller au maintien de la
tranquillité et de la subordination la plus
absolue. Aux yeux de ces commissaires, la
moindre apparence de crime en valait la
réalité. Celui qui avait eu le malheur
d'attirer un soupçon sur lui était sûr d'être
condamné à la mort ou à la prison perpé-
tuelle. Il y eut une époque où les prisons

1.

étaient tellement pleines qu'elles ne purent plus recevoir personne. Ces précautions et ces mesures rigoureuses garan-
rent la tête du lâche scélérat qui ne savait
braver que la haine publique. »

La femme de Biren, d'après le même
chroniqueur, n'était pas moins despotique ni moins redoutable que son mari :
« Cette femme prétentieuse, comme le
sont toutes les personnes qui n'ont pas été
élevées dans la grandeur, donnait ses
audiences sur un trône. Elle affectait une
popularité qui était d'autant plus cho-
quante qu'elle était accompagnée d'une
gaucherie qui décelait l'obscurité de sa
naissance. Au lieu de donner une de ses
mains à baiser, elle les présentait toutes
deux, et s'offensait quand on n'en baisait
qu'une... Vous pouvez compter, disait-
elle quelquefois, sur ma faveur et ma
grande protection. Ces airs et ce lan-

gage déplaisaient souverainement à tous les Russes. »

« Quelque temps avant sa **disgrâce**, elle s'était fait faire une robe de **satin** cramoisi, garnie de perles pour la **valeur** de 100,000 roubles. Ses autres **habits** étaient estimés 400,000 roubles. Elle portait ordinairement 2,000,000 de **roubles en brillants**. Avec cet étalage ses domestiques mouraient de faim. »

Le régime de Biren a germanisé la Russie pendant un siècle entier; « depuis lors, remarque Hertzen, sur le trône étaient des Allemands; autour du trône, des Allemands; — les généraux étaient allemands, — les ministres allemands, — les boulangers allemands, — les pharmaciens allemands, partout des Allemands jusqu'à satiété. Quant aux Allemandes, elles remplissaient exclusivement les fonctions d'impératrices ou de sages-femmes. »

Lors de l'émancipation des serfs on demanda à Herlzen ce qu'il pensait de toutes les grandes réformes qui inaugurèrent le règne d'Alexandre II ; le directeur de *La Cloche* laissa percer quelque doute sur leur complète réalisation, et comme on le pressait de s'expliquer, il s'écria, tout en parodiant la *Marseillaise :*

Écoutez !

> ..... Entendez-vous, dans les campagnes,
> Mugir ces féroces *Allemands.*
> Ils viennent...

« Oui, c'est à eux qu'appartiendra le triste privilège de nous réconcilier avec ce que nous méprisons aujourd'hui, de consolider les ruines qu'il aurait fallu anéantir, et qui, laissées aux mains robustes et saines du peuple russe, seraient déjà tombées en poussière... »

Les Français ne s'élèveront pas contre cette énergique protestation, qui résume si éloquemment toute la haine qui couve dans le cœur russe contre la domination allemande !

II

LE PARTI LIBÉRAL

Influence de l'Allemagne sur la bureaucratie russe. —
Les Russes germanisés jugés par Hertzen. — Parallèle entre Berlin et Paris. — Karamzine et Tchédrine.
— Les Allemands « séminaristes de l'humanité... » —
Lettres de Tourguéneff sur la guerre de 1870. — Les
nations altruistes et les nations égoïstes, par M. Pierre
Boborikine. — Allemands et Prussiens. — Les Allemands vis-à-vis de l'Helvétie et de l'Alsace-Lor-
raine. — L'Allemand du midi et l'Allemand du Nord.
— M. Nemirovitch-Dantchenko et la jeunesse allemande.

Tandis que l'esprit français, dès sa première apparition en Russie, s'empare de
toute la jeunesse et donne naissance à
des hommes comme Raditcheff, l'Alceste
russe (1), l'esprit allemand ne donne à

1. Voir *La France jugée par la Russie*, p. 55.

la Russie que le style bureaucratique
et le régime militaire. La Russie a emprunté à l'Allemagne tout ce qu'il y a
d'absurde dans les formes de son gouvernement et de cruel dans sa discipline
militaire.

« De tous les Allemands, s'écrie
Hertzen, les Russes germanisés sont les
plus cruels. Nous voyons souvent l'Allemand pur sang se montrer chez nous
naïf, niais et souvent même plein de con-
descendance pour les « barbares » qu'il a
pour mission de civiliser. Mais le Russe
germanisé considère le peuple avec
l'éloignement d'un parent qui a honte
de sa famille. L'un et l'autre sont
pleins du sentiment de leur supériorité
sur le véritable Russe, qu'ils méprisent
profondément. Tous deux sont convaincus
qu'on ne peut tirer quelque chose de
nous qu'à force de coups de bâton, mais

tandis que l'Allemand frappe et ne s'en vante pas, le Russe germanisé bat à tour de bras et s'en glorifie.

« De même qu'on trouve en Saxe une petite Suisse saxonne, on découvre en Russie une Allemagne russe qui s'étend si loin, que son centre est à Saint-Pétersbourg, et que les points de sa circonférence sont partout où se trouve un uniforme, un secrétaire et une chancellerie.

« Les véritables Allemands ne forment que le moyeu de ce cercle dont les rais sont composés de Russes germanisés, d'orthodoxes, de nobles qui unissent le nez épaté des Russes aux pommettes saillantes des Mongols et se recrutent parmi des savants et des ignorants, des chefs d'escadrons, des journalistes, des fonctionnaires... Les premières places sont pour eux, quand le tzar n'a pas sous la main des Allemands sans alliage.

« Quand une fois on s'est laissé germaniser on n'en perd jamais l'empreinte, comme le prouve d'ailleurs toute cette période de notre histoire qui s'étend de la fondation de Saint-Pétersbourg jusqu'à nos jours. On dirait que le Russe qui subit l'influence allemande perd un certain nerf et se voit privé de la faculté de comprendre sa patrie et en particulier ces qualités essentiellement russes qui sont sa marque nationale...

« Les Allemands d'Allemagne, de même que les Russes germanisés, ont pris la Russie pour une *tabula rasa,* une feuille de papier blanc... et comme ils ne savent pas trop qu'écrire dessus, ils se contentent d'y apposer leur timbre et de transformer ainsi le papier blanc en papier timbré qu'ils remplissent de toute

sorte de titres et, de préférence, d'actes de
vente et d'achat de serfs... Voici en quoi a
consisté la mission civilisatrice des Alle-
lemands en Russie. »

Ce jugement est sévère mais équi-
table. Nous chercherons en vain dans
l'histoire intellectuelle de la Russie une
trace féconde de l'influence allemande
comparable à celle qu'ont si longtemps
exercée en Russie, Voltaire, Diderot,
Rousseau... La germanomanie n'y a
jamais pris racine, pas même à l'époque
où l'Allemagne pouvait avec raison se
glorifier de ses poètes et de ses philosophes; il y a toujours eu quelque
chose d'étroit dans sa propagande et
une sécheresse qui est incompatible
avec la nature large et profonde du
slave.

Karamzine, qui nous a laissé une appréciation si enthousiaste du caractère fran-

çais (1), a raconté son arrivée à Berlin et les impressions qu'il a recueillies de son séjour dans la capitale prussienne, nous lui empruntons les lignes suivantes :

« A quelques lieues de Berlin commence une belle allée de châtaigniers et la route devient plus unie et plus gaie... Arrivés devant une des portes de Berlin, force nous fut d'attendre. Un sergent sortit du corps de garde et se mit en devoir dé nous interroger.

— Qui êtes-vous ?

— D'où venez-vous ?

— Pourquoi venez vous à Berlin ?

— Où demeurez-vous ?

— Pensez-vous rester longtemps à Berlin ?

— Où irez-vous en quittant Berlin ?

Comment après cela n'être pas édifié

1. Voir *La France jugée par la Russie*, p. 59.

sur la curiosité du gouvernement prussien! s'écrie Karamzine.

« Puis, continue-t-il, quand le sergent eut fini ces questions il se mit à inspecter de nouveau ma malle et me demanda plusieurs *groschen*.

Notre voyageur n'était pas à bout de ses tribulations. Il arrive enfin à l'hôtel :

— Je regrette beaucoup, *mein Herr*, me dit M. Blum, propriétaire de l'auberge du *Roi d'Angleterre* dans la Bruderstrasse : je n'ai pas de place pour vous... Toutes mes chambres sont prises. Vous n'ignorez pas sans doute que notre roi a sa chère sœur en visite et que Berlin est en fête... Vous ne me croirez pas quand je vous dirai que j'ai refusé plus de dix personnes aujourd'hui.

— Donc, Monsieur Blum, je...

— Vous venez de Russie?...

— De Russie... par conséquent, je...

— On ne parle que de guerre chez vous?

— Oui, M. Blum... Ainsi dois-je aller chercher un logement ailleurs?...

— Non... j'ai encore une chambre qu'on vient de quitter... et je vous la donnerai... Mais où en est la question turque chez vous?

— Dites qu'on me montre la chambre, et après nous parlerons de la guerre.

— Très bien, très bien... Suivez-moi, je vais vous la faire voir.

Il m'introduisit dans une petite chambre à une fenêtre.

— N'est-ce pas, cette chambre est belle et confortable?

— Je la garderai, M. Blum.

Je fis venir le coiffeur, mais M. Blum ne me quitta pas et finit par me raconter lui-même tout ce qui se passait en Russie.

— Écoutez, monsieur Blum, on a dû

vous écrire tout cela à la date du 1er avril ?

— Comment, *mein Herr !*

— Comme il vous plaira, répondis-je.

Je pris ma canne et me réfugiai dans la rue.

« Mais à peine dehors, je dus me boucher le nez, tant la rue exhalait d'odeurs nauséabondes... Les canaux de la ville étaient pleins d'immondices. Pourquoi ne les épure-t-on pas ? Est-ce que les Berlinois n'auraient pas d'odorat ? »

A son retour à l'hôtel, notre voyageur découvrit qu'il n'avait pas épuisé les surprises que lui réservait la capitale prussienne.

« A peine m'étais-je disposé à prendre le thé dans ma chambre, que M. Blum entra chez moi, un papier à la main.

— Vous devez répondre à toutes les questions inscrites sur ce papier.

« Je retrouvai toutes celles qui m'avaient été adressées à mon entrée à Berlin, et en outre celle-ci : *Par quelle porte êtes-vous entré ?*

— Mon Dieu, que de précautions ? Berlin est-il en état de siège ?

Alors, M. Blum me répondit d'un **air** grave :

— Mais, grâce à ces mesures, le public berlinois apprendra demain par les journaux la nouvelle de votre arrivée. »

Le lendemain, Karamzine parcourt la ville ; qu'est-ce qu'il y trouve ? Des statues de rois et des statues de généraux. La bibliothèque est immense, sans offrir quoi que ce soit de remarquable. On ne donne pas de livres à emporter chez soi, mais moyennant quelque *groschen* glissés dans la main du bibliothécaire, le règlement peut être éludé.

A la table d'hôte du *Roi d'Angleterre*, Karamzine dîne avec une trentaine d'officiers, de négociants, de barons. La conversation a pour sujet le roi et sa sœur, et ensuite les brigands qui viennent de dévaliser la malle d'Oranienbourg...

Voilà les souvenirs que Karamzine emporta de Berlin. Il est piquant de mettre en regard les lignes émues dans lesquelles le voyageur russe décrit son entrée dans Paris.

« Nous approchions de Paris et je demandais sans cesse quand je pourrais l'apercevoir. Enfin une grande plaine s'ouvrit devant nos yeux, et, s'étalant sur toute la longueur de cette plaine, Paris ! Nos regards avides plongèrent sur cette masse d'édifices et se perdirent dans ses ombres épaisses. Mon cœur battait à se rompre.

« La voilà ! pensai-je, la voilà, cette ville qui, pendant des siècles, a servi de modèle à toute l'Europe, la source du goût, de la mode ; la ville dont le nom est prononcé avec ferveur par les savants et les ignorants, les philosophes et les petits-maîtres, les artistes et les hommes mé-diocres, en Europe et en Asie, en Amé-rique et en Afrique...; la ville que j'ai appris à connaître en même temps que j'ai appris mon nom, dont j'ai lu la des-cription dans tous les romans et dans toutes les relations de voyages ; la ville, enfin, à laquelle j'ai toujours pensé et rêvé... La voilà ! je la vois, et bientôt j'y serai.

« Ah ! mes amis, ce moment fut le plus doux de tout mon voyage !...»

Quelques jours plus tard, Karamzine reprenait :

« Je suis à Paris ! Voilà ce que je me redis sans cesse en passant d'une rue dans une autre, des Tuileries aux Champs-Élysées ; tout à coup je m'arrête et je

regarde tout ce qui m'entoure avec un
redoublement de curiosité : les maisons,
les voitures, les passants... Ce que je
n'ai connu jusqu'ici que par des descrip-
tions, à présent je le vois de mes propres
yeux, et ce tableau animé de la ville la
plus adorable de ce monde, la plus éton-
nante par la diversité qu'elle présente, me
ravit, me transporte.

« Cinq jours ont passé pour moi, ici,
comme cinq heures, dans le bruit, dans
la foule, au spectacle et dans ce château
enchanteur du Palais-Royal... Mon âme
déborde d'impressions vives dont je ne
peux pas encore me rendre compte à moi-
même... Je veux donner à ma curiosité
le temps de s'assouvir, j'aurai toujours
le temps de raconter, de louer et de criti-
quer... Pour le moment, je me contenterai
de relever ce qui me paraît être le trait
caractéristique de Paris : c'est, chez le

peuple, la vivacité des mouvements, la
rapidité de la parole, la promptitude des
actes. Le système des tourbillons de Des-
cartes ne pouvait naître que dans la tête
d'un Français, d'un Parisien. Ici tout le
monde se presse dans une direction quelconque ; chacun semble avoir hâte d'arriver le premier ; on saisit au vol votre
pensée, on devine ce que vous avez voulu
dire pour vous expédier le plus vite possible.

« Le Parisien devine votre question,
répond, salue, et repart avant que vous
l'ayez formulée...»

Un siècle plus tard, un autre écrivain
russe, M. Tchédrine, sera, comme Karamzine, frappé de l'atmosphère d'ennui qui
pèse sur Berlin et de la gaieté qu'on respire à Paris.

« Aux approches de Berlin, l'étranger sent déjà l'odeur de l'ennui, de la suf-

fisance militaire et du ramassis de jupes
sales qui balayent la poussière de l'*Or-
phéum*. Et comme il n'y a rien de capti-
vant dans ces trois aimables choses, le
voyageur se hâte de descendre au premier hôtel venu pour s'épousseter un peu,
faire un petit somme, et repartir aussitôt de la capitale de l'empire prussien.

« Il est impossible de se représenter
quelque chose de plus triste que les rues
de Berlin. Ce n'est pas qu'elles manquent
de mouvement — Berlin a un million
d'habitants — mais c'est un mouvement
raide et compassé. On dirait que les habitants traversent les rues par contrainte
et que, s'ils le pouvaient, ils se sauve-
raient à toutes jambes.

« On éprouve le désir de crier à chaque
voyageur dont la voiture s'éloigne : « Heu-
« reux mortel ! tu quittes enfin Berlin pour
« toujours ! »

« Vous n'entendez jamais à Berlin ce bourdonnement de ruche qui ne cesse pas à Paris. L'union intime qui unit à Paris les maisons et fait de la rue comme la continuation de la maison, manque tout à fait à Berlin. Là, il n'y a qu'un flux continuel et silencieux; le mouvement mécanique d'une balançoire qui va et vient; rien de plus. »

Tchédrine, en arrivant à Paris pour la première fois, éprouve le même enthousiasme qu'avait ressenti Karamzine :

« Paris m'a tout de suite pris le cœur...

« C'est une ville propre, lumineuse, aux allures libres, et surtout exempte de cette misanthropie sans cause, et voisine de la migraine, qui s'attache avec persistance à tout étranger qui met les pieds à Berlin.

« L'homme le plus ennuyé, le plus malade, recouvrera la bonne humeur et

2.

le contentement d'esprit dès qu'il se sen-
tira dans les rues de Paris, et surtout sur
les boulevards, vraiments féeriques.

« Oui, l'étranger que le train du matin
a jeté dans les rues de Paris, bien qu'il
soit tout seul, qu'il ne connaisse personne,
qu'il soit privé de toutes relations, ne
trouvera pas moyen de s'ennuyer.

« Le soleil est gai, l'air est gai, les
magasins, les restaurants, les jardins,
même les rues, les places, tout est gai ! Je
n'aurais jamais cru que la vue d'une
grande place pût inspirer la gaieté. Mais
je me suis aventuré sur la place de la
Concorde, et j'ai découvert que c'est possible. Qu'il est joyeux ce jardin des Tuileries tout grouillant d'enfants ! Et à droite
qu'elle est reposante, cette masse de ver-
dure au milieu de laquelle le quartier des
Champs-Élysées s'étale comme un lit
moelleux.

« A Paris tout le monde vit dans la
rue, sans parler des étrangers et des pro-
vinciaux, qui ne la quittent, à la lettre, que
pour se coucher. Le Parisien pur sang
semble à première vue être voué exclusivement à la flânerie ; mais en réalité on
ne trouvera nulle part un travailleur
aussi zélé, et dont le travail soit aussi pro-
ductif et avantageux que celui de ce
même Parisien.

« L'Allemand travaille aussi avec zèle,
mais il a toujours l'air de tresser des
cordes tout en dormant, tandis que l'ouvrage fond sous les doigts du Parisien.
Son activité rappelle un peu celle de notre
paysan au moment de la moisson, mais
celui-ci a l'air d'être un martyr de son
travail, tandis que le Parisien, au contraire, travaille autant, mais toujours avec
bonne humeur. Il ne semble jamais fati-
gué. »

J'ai déjà reproduit dans mon précédent ouvrage : « LA FRANCE JUGÉE PAR LA RUSSIE, » le parallèle que le grand critique russe Biélinski à établi entre le caractère national des Allemands et des Français. Comme Biélinski est également une des gloires du parti libéral en Russie, je compléterai son appréciation en y joignant une petite anecdote que rapporte Gontcharoff, un des plus grands romanciers russes contemporains.

Biélinski, nous le savons déjà, avait un véritable culte pour George Sand. « Un jour, raconte M. Gontcharoff, nous parlions du dernier roman de George Sand, *Lucrèce Floriani*, et je pris la liberté de reprocher à l'auteur ses paradoxes. Je disais que je ne trouvais pas convenable d'idéaliser une femme qui n'est pas plus maîtresse d'elle-même que Lucrèce Floriani, et qui passe des bras d'un amant dans ceux d'un autre sans aucun discernement...

« Alors Biélinski, tout rouge de colère, me foudroya de cette apostrophe :

« — Vous êtes un Allemand, et les Allemands, vous le savez, sont les séminaristes de l'humanité ! »

« J'ai déjà dit ailleurs, aussi, comment Tourguéneff après la guerre de 1870 renia ses sympathies germaniques, et vint s'établir définitivement en France.

Tourguéneff, et tous ses compatriotes avec lui, ne croyait pas au succès des armes allemandes. Il écrivait le 20 juillet 1870 à Mᵐᵉ Milioutine :

« Je ne veux pas insister sur l'énormité de cette guerre, mais elle était inévitable, les Allemands le sentaient. Ils furent saisis d'un élan patriotique comme en 1813, mais je crois qu'ils passeront par de rudes épreuves ; il est impossible de douter du

succès des armes françaises, surtout aux
premières batailles.»

Le 18 août, il écrivait à la même personne sur un ton bien différent :

« Hier au soir, toutes les cloches de
Baden-Baden ont sonné pour annoncer la
défaite des Français à Rezonville... L'armée de Bazaine n'a pas réussi à sortir à
temps de Metz. Il faut reconnaître que
l'incapacité des généraux français et de
l'administration militaire est encore cent
fois pire que notre incapacité lors de la
campagne de Crimée. Je me demande seulement si les Français sauront puiser dans
leurs revers la bonne leçon que nous avons
tirée de nos malheurs.

... « Toute l'Europe s'attendait au
succès des armes françaises, ce qui prouve
que ce que nous connaissons le moins,
c'est ce qui se passe sous notre nez. Les
Prussiens, que j'ai vus le 15 juillet à Ber-

lin, n'ont pas douté un instant de leur
succès, mais j'ai mis leur confiance sur le
compte de leur gloriole nationale. Cependant il paraît qu'ils savaient ce qu'ils disaient. »

Les conquêtes successives des Prussiens ne tardèrent pas à l'inquiéter sérieu-
sement :

« La chute de l'ignoble Empire m'a
causé une grande joie : mon sentiment
moral est satisfait après de longues années
d'attente... Mais je ne peux me dissimuler
que l'avenir ne se présente pas couleur de
rose ; la fureur de conquête qui s'est em-
parée de toute l'Allemagne présente un
spectacle fort peu consolant. »

Après avoir donné les jugements qu'ont
porté sur l'Allemagne quelques Russes
d'élite, je crois que le moment est venu de
faire connaître l'appréciation du parti libéral, pris dans son ensemble, l'opinion

du jour en Russie. Je la retrouve fidèlement
exprimée dans un article que M. Pierre
Boborikine vient de consacrer tout récem-
ment à cette question.

M. Pierre Boborikine est le chroniqueur
et le romancier des « *Novosti* » et du *Messager d'Europe* », les principaux organes
du parti libéral russe.

« Il y a, dit-il, des nations qui, en passant de l'état barbare à l'état civilisé, mani-
festent aussitôt des tendances altruistes,
à côté des qualités qui leur sont néces-
saires pour le développement de leur
propre puissance ; il peut arriver même
que ces nations favorisent leurs tendances
altruistes de préférence à leurs instincts
égoïstiques et belliqueux. D'autres peuples, au contraire, ne s'élèvent que très
lentement à des notions altruistes ou ne
deviennent susceptibles d'aspirations humanitaires que lorsque leur prospérité leur

permet de se livrer à leurs fantaisies phi-
lanthropiques, sans qu'elles leur coûtent
le moindre sacrifice.

Si la nation britannique n'a pas encore
manifesté des préoccupations généreuses
dans ses relations politiques avec les autres puissances, faut-il s'étonner que la
nation allemande, qui a le même caractère
égoïste, qui sort à peine de l'œuf et qui en
outre est encore pauvre, ne songe jusqu'ici qu'à étendre son territoire et à mul-
tiplier ses débouchés ! Il en résulte que ce
peuple absorbé par des intérêts purement
nationaux ne déploie que les qualités qui
lui sont utiles, et ne peut exciter chez les
autres nations qu'un sentiment de froide
estime...

« Il m'est impossible de rechercher ici
jusqu'à quel point les défauts de la nation
allemande tiennent au régime prussien ou
découlent du caractère germanique lui-

3

même... Je crois pourtant qu'en attribuant tout ce qu'il y a d'antipathique dans l'Allemand en général à l'influence du régime militaire et bureaucratique des Prussiens, on se placerait à un point de vue trop exclusif.

« Pour mieux nous en rendre compte, rappelons en passant quelques grands faits historiques :

« Est-ce que les Helvétiens, race à moitié germanique, ont secoué le joug allemand, parce qu'ils ne voulaient pas du régime des *junkers* ? Mais il n'existait pas des junkers à cette époque. Enfin Gessler, que le légendaire Guillaume Tell a percé d'une flèche était un Allemand pur sang qui n'était point du tout originaire de Berlin... Les gouverneurs de la Suisse étaient presque de la même race que les Helvétiens, ils parlaient la même langue, pratiquaient la même religion et cependant ils

n'ont réussi qu'à se faire haïr cordia-
lement, puis chasser de leurs États.

« L'exemple que nous donnent l'Alsace
et la Lorraine n'est pas moins instructif.
Il y a deux siècles à peine que ces deux
provinces ont été à moitié cédées à la
France par nécessité, en partie conquises
par elle, et il en est résulté ceci : Avant la
guerre de 1870, pendant la campagne et
depuis l'annexion, les Alsaciens et les
Lorrains qui sont de véritables Allemands
par la langue, et qui pour la plupart pro-
fessent la religion luthérienne, sont restés
cependant les ennemis irréconciliables des
Allemands qui ont voulu les arracher à la
nation qu'ils ont adoptée, sans qu'aucun
lien naturel les y rattachât.

« Encore aujourd'hui, l'Allemagne ne
règne à Metz et à Strasbourg que de nom.
Seize ans se sont écoulés depuis le jour
où l'empire germanique s'est emparé de

l'Alsace et de la Lorraine. Le vainqueur
s'est ingénié à se faire accepter de la population alsacienne ; il a donné aux provinces conquises tous les privilèges, une
admirable université, des théâtres, toutes
les faveurs... la population est restée insensible à ces avances. Le général Manteuffel usait de beaucoup de ménagements,
il se montrait poli et recherchait la popularité ; les Français étaient obligés de con-
venir que son attitude était correcte, mais
il ne s'est pas un seul instant concilié les
sympathies de ses administrés.

« Comment pourrait-on expliquer cette
antipathie pour l'Allemagne, si ce n'est
par des raisons de psychologie et de morale
nationales ? Et qui pourrait affirmer que
la population au fond archi-allemande de
l'Alsace et de la Loraine ne déteste en Allemagne que les Prussiens et le régime
berlinois ?

« Ce régime est accepté par toute l'Allemagne ; la nation allemande tout entière approuve la conquête de l'Alsace et de la Lorraine. Ces provinces ne sont pas gardées uniquement par des garnisons prussiennes, mais par des soldats badois et bavarois ; on rencontre dans l'administration beaucoup d'Allemands du midi et de l'ouest...

« ... Les journalistes alsaciens, qui sont tous restés fidèles à la France, distinguent parfaitement les Bavarois des Wurtembergeois ou des Berlinois, mais les désignent tous sous la dénomination commune de « Prussiens » et ils ne font qu'un à leurs yeux.

« L'Allemand du midi n'est pas plus civilisé que l'Allemand du nord, mais il est plus coulant de caractère, surtout quand c'est son intérêt. Il n'aime pas Berlin, il déteste le Prussien, et pourtant il lui permet de faire le maître partout. On ne peut fonder aucune espérance sur lui.

« En 1870, la France avait très bien compris que l'Allemagne méridionale ne bougerait pas, et la chose serait arrivée si la Prusse avait entrepris une guerre offensive.

« Il ne faut pas oublier, d'ailleurs, qu'il y a vingt ans à peine Berlin était considéré chez nous comme le foyer du libéralisme. Avant 1866, le public berlinois était si libéral, que j'ai vu moi-même, dans la capitale prussienne, des cochers me signaler du bout de leur fouet Bismarck, qui passait devant eux, et dénoncer sa politique réactionnaire... Il s'est même trouvé en Russie, entre 1870 et 1871, des publicistes — je me hâte de dire qu'ils sont germanophobes à cette heure — qui justifiaient le rapt des deux provinces, tournaient en dérision les sentiments des

Français, et se mettaient à deux genoux devant les idées germaniques.

« Eh bien ! l'idéal de la Prusse se montrait déjà très nettement : toute l'Allemagne, comme un seul homme, triomphait de voir ressusciter la forme gouvernementale du moyen âge.

« Pour comprendre à quel point il serait naïf de chercher des tendances altruistes chez les Allemands, même dans les populations du midi, il suffit d'assister au débat qui s'agite entre les unificateurs et les fédéralistes. J'ai eu tout dernièrement, en voyage, l'occasion d'entendre plusieurs fois débattre cette question.

« J'allais de la Bavière en Bohème, et me trouvais dans la même voiture qu'un Bavarois et un Saxon, qui entrèrent aussitôt en conversation.

« Le Bavarois était fédéraliste, et le Saxon (je le soupçonne fort d'être un

Prussien, bien qu'il se fît passer pour Saxon) était un centralisateur enragé. Ils commencèrent par des escarmouches, se lançant des pointes sur leurs antipathies politiques, lorsque tout à coup le Saxon attaqua sans façon les idées bavaroises.

« — Comment, cria-t-il, toute votre population n'est pas plus considérable que celle de Londres, et vous vous permettez de protester, vous entravez notre marche ?

« Le Bavarois perdit patience, et tout rouge, la sueur coulant de son visage, suffoqué de colère et semblant sur le point de succomber à un coup d'apoplexie, il dégonfla son cœur, arrangeant de la belle façon l'armée prussienne et ses héros à poitrine bombée comme des nourrices, que Berlin répand dans toute l'Allemagne en qualité d'instructeurs et de commandants.

« Le Saxon présumé devint pâle, mais

la conscience de sa supériorité le soutint.

« — Comment ! s'exclama-t-il, vous osez prétendre que les militaires prussiens ne sont pas le modèle de la plus exquise urbanité ? ha ! ha ! ha !...

« Puis, d'un ton convaincu, il ajouta :

« — *Aber sie können nicht anders sein !* (Mais ils ne peuvent pas être autrement.)

« Tel est le dernier mot de la sagesse prussienne : *Sie können nicht anders sein.* »

Un autre collaborateur des *Novosti*, M. Nemirovitch-Dantchenko, dont j'ai déjà fait connaître les impressions sur l'Alsace (1), définit la jeunesse allemande actuelle en ces termes :

« En Allemagne, dans quelque ville que vous vous trouviez, vous avez la

---

5. Voir *La France jugée par la Russie*, p. 244.

chance de voir surgir tout à coup une foule
d'étudiants avec leurs disgracieuses et
minuscules casquettes, qui tiennent, par je
ne sais quel prodige d'équilibre, sur leurs
énormes têtes rondes... Cette aimable
jeunesse marche au pas militaire et
chante : *Lieb Vaterland, kannst ruhig
sein !* (Chère patrie, tu peux être tranquille.)

« Suivez ces jeunes gens, et vous ne
tarderez pas à découvrir qu'ils restent in-
sensibles à la beauté de la nature qui les
entoure ; rien n'a le pouvoir de les captiver : ni les tons doux de la lumière qui
tombe avec tant de charme sur les pentes
vertes des collines, ni la rivière qui co-
quette avec la route, qu'elle enlace et fuit
tour à tour avec un frais babil d'amou-
reuse... Ces chanteurs de la *Wacht am
Rhein* n'ont qu'une préoccupation : res-
sembler le plus possible à un militaire.

« Si vous pouviez pénétrer les secrètes pensées de ces jeunes *Kulturtraegers* (pionniers de la civilisation), vous verriez qu'ils ne rêvent qu'à la guerre avec tel ou tel voisin, et aux milliards que la jeune Allemagne extorquera de la jeune France.

« L'imagination de ces jeunes gens travaille tout autrement que celle de notre jeunesse. Tandis que l'étudiant russe aspire au bonheur de l'humanité, au progrès de la science, l'Allemand se demande en rêve comment il fera son entrée triomphale à la tête de son régiment dans une ville ennemie, et quelle contribution il imposera aux villages qu'il traversera. Ce petit étudiant tudesque au nez camus, au front étroit, dont les oreilles se dressent comme les anses d'un chaudron, se figure qu'il est déjà un brave lieutenant et qu'il fait le salut militaire aux officiers supérieurs.

« Lorsque l'étudiant prussien se présente pour le service militaire, il est déjà un soldat accompli, un soldat dont l'âme ne sera jamais troublée par la vision d'un foyer paisible ou d'un champ qui attend le laboureur ; c'est le soldat pour qui la caserne est l'idéal de la vie, le commandement une musique enchanteresse, qui ne se sent heureux que lorsque, les yeux fixes, il fait l'exercice coude à coude avec son compagnon d'armes, le regard réjoui par la vue de la taille corsetée de son lieutenant...

« Avec une jeunesse comme celle-là, une nation ne peut rêver que pillage et dévastation. Que ferait-elle d'un idéal social et humain ? »

III

DOSTOÏEVSKI

Berlin. — Une ville aigre-douce. — Les femmes de
Dresde. — La cathédrale, le pont et l'eau de Cologne.
Mépris de l'Allemand pour le Russe. — L'esprit
allemand. — Aventures de voyage. — La mission
politique de l'Allemagne. — *Protestation éternelle*
contre le monde latin. — Après la guerre de 1870. —
Le grand secret. — Mac-Mahon et Bazaine. — Dostoïevski français et Dostoïevski allemand.

Tandis que Paris et la vie française
inspiraient à Dostoïevski des dizaines de
pages enthousiastes et émues, Berlin le
laissait parfaitement froid; l'auteur de
Crime et Châtiment n'a consacré à la capitale de l'Allemagne que les quelques
lignes suivantes :

« Berlin a produit sur moi une impression aigre, bien que je n'y aie passé que vingt-quatre heures. Je sais que je n'ai pas le droit de dire que c'est là une impression définitive et que je devrais tout au moins l'appeler aigre-douce. Mais d'où vient cette mauvaise impression ? De ce que je suis un homme maladif qui souffre du foie. Pendant deux jours, j'ai volé sans arrêt vers Berlin par la pluie et le brouillard, et quand enfin je suis arrivé, à peine avais-je fait trois pas dans la ville, que je trouvais qu'elle était l'image de Saint-Pétersbourg ; les mêmes rues tirées au cordeau comme des casernes et les mêmes odeurs. Je suis resté insensible même aux charmes des fameux tilleuls, et pourtant pour ces arbres célèbres un Berlinois sacrifierait tout, jusqu'à sa constitution.

« Puis, les Berlinois avaient tous, sans exception, un air tellement allemand, que je n'y pus pas tenir, et sans me laisser séduire même par les fresques de Kaulbach (quel sacrilège !), je me suis réfugié à Dresde, profondément convaincu que l'Allemand en masse n'est supportable que pour ceux qui s'y sont accoutumés à la longue.

« A Dresde, j'ai été réfractaire aux séductions des Allemandes ; à peine étais-je descendu dans la rue, qu'il m'a semblé difficile de trouver un type plus disgracieux que celui des femmes de cette ville.

« A Cologne, autre déception. Je m'attendais à être émerveillé par la cathédrale, que j'avais dessinée dans mon enfance, lorsque j'apprenais les lois de l'architecture. Eh bien ! cet édifice m'a fait l'effet d'un paquet de dentelles, un article de Paris, si vous voulez, une sorte de serre-papiers de 150 mètres de hauteur... Rien de grandiose !

« Je rejette la responsabilité de cette impression erronée sur deux choses : la première coupable, c'est l'eau de Cologne. Jean-Marie-Farina se trouve à côté de la cathédrale; d'ailleurs, un voyageur peut descendre dans n'importe quel hôtel, et quelles que soient les dispositions dans lesquelles il se trouve, il n'arrivera jamais, en dépit de tous ses efforts, à se dérober à ses ennemis, c'est-à-dire à Jean-Marie-Farina et à ses émissaires. Où qu'il se réfugie, ils sauront le dénicher et, alors il faut choisir entre l'eau de Cologne ou la vie; hors de là, pas de salut !

« La seconde chose qui m'a mis de mauvaise humeur et m'a rendu injuste envers la cathédrale de Cologne, c'est le pont de cette ville. Assurément il est admirable, et Cologne a le droit d'en être fière; mais il me semble qu'elle l'est trop. Puis le gardien chargé de percevoir la

taxe de tous les passants a une mine ré-
barbative et a l'air de réclamer une amende
pour un délit.

« Je ne sais pourquoi il m'a semblé que
cet Allemand me regardait de travers et
que ses yeux me disaient :

« Tu vois notre pont, misérable Russe.
Eh bien ! tu es petit comme un ver devant
ce pont et devant le premier Allemand
venu, parce que dans ton pays tu ne peux
te flatter de posséder un pont semblable.

« Dépité, j'achetai un flacon d'eau de
Cologne dont je n'avais que faire, et je
partis pour Paris, dans l'espoir que je
trouverais les Français plus aimables et
plus intéressants. »

Ce sentiment que l'Allemand traite le
Russe en paria poursuit toujours Dostoïevski et il y revient chaque fois qu'il
parle de l'Allemagne.

« Quelques différences qu'il y ait entre

le savant allemand et l'homme du peuple,
dans leurs idées comme dans leur posi-
tion sociale, et quel que soit le but qui
les amène en Russie, ils sont tous sous la
même impression. C'est un sentiment de
défiance contre tout ce que nous avons de
national et de dissemblable à l'Allemand;
l'impossibilité pour eux d'admettre qu'un
Russe ne pourra jamais devenir un Allemand parfait, et enfin un orgueil dissi-
mulé, mais néanmoins sans bornes, qui
leur donne l'intime assurance de leur supériorité sur nous. — Voilà les faits que
j'ai relevés chez tous les Allemands qui
viennent avec l'intention d'étudier la
Russie. »

Dostoïevski n'a pas non plus bien haute
opinion de l'esprit allemand :

« Les Français qui n'ont jamais aimé
les Germains leur ont toujours reproché
d'avoir l'esprit lourd, mais sans leur re-

fuser l'intelligence. Ils relèvent dans l'esprit germanique une tendance à ne jamais attaquer directement le sujet qu'il veut traiter, mais à tourner autour, faisant d'une idée simple quelque chose de complexe.

« Nous autres Russes, nous avons toujours une provision d'anecdotes sur la lourdeur et la bêtise des Teutons, tout en nous inclinant avec une admiration parfaitement sincère devant la science allemande. Il me semble que ce qui a provoqué ces plaisanteries, c'est moins la densité de l'esprit allemand, que sa forte personnalité, opiniâtre jusqu'à l'impertinence. C'est pourquoi, dans les relations ordinaires de la vie, l'Allemand produit toujours sur l'étranger une impression très étrange.

« Pendant un voyage que je fis de Berlin à Ems, je profitai de quelques minutes d'arrêt à une station pour me promener sur le quai et fumer une cigarette. Il était nuit et tous les voyageurs dormaient profondément; seul j'étais descendu du train. Lorsque la cloche donna le signal du départ, je m'aperçus qu'avec ma distraction habituelle j'avais oublié le numéro de mon wagon; j'avais refermé la portière et je ne savais comment regagner ma place. Encore quelques secondes et le train allait partir. Je me disposais à courir auprès du conducteur qui était à l'autre bout du train, lorsque tout à coup une voix qui sortait d'une des voitures m'appela :

« — Pst! pst !

« Tout content, je m'élançai dans cette direction, persuadé qu'un de mes compagnons de route m'avait reconnu et me faisait signe. Lorsque je fus près de lui, il me demanda d'un air inquiet et préoccupé:

— *Was suchen sie?* (Que cherchez-vous?)

— Je cherche mon wagon. — N'est-ce pas mon compartiment?... N'étais-je pas avec vous?

— Non, ce n'est pas votre voiture... Vous n'avez pas fait route avec moi... Où est votre voiture?

— Mais c'est précisément ce que je cherche et ce que je vous demande.

— Moi, je ne sais pas où est votre voiture.

Par bonheur le chef de train s'approcha de moi et vint à mon aide; je retrouvai mon compartiment, dans lequel je sautai au moment où le train se mettait en marche.

« Pourquoi cet Allemand m'avait-il appelé et questionné d'un air préoccupé? Quiconque aura passé quelque temps en Allemagne arrivera comme moi à la con-

viction que n'importe quel autre Allemand
aurait agi de la même manière.

« Voici une autre expérience du même
genre que j'ai faite à Dresde :

« A peine arrivé, je voulus visiter la
célèbre galerie de tableaux de cette ville.
Je ne savais pas dans quelle direction la
chercher, mais je ne mis pas en doute
que tout habitant de Dresde, pour peu
qu'il appartînt aux classes cultivées, sau-
rait m'indiquer le chemin. Ayant aperçu
un passant d'assez bonne apparence, je
l'abordai en disant :

— Permettez-moi de vous demander où
se trouve la galerie de tableaux?

— La galerie de tableaux! répéta l'Allemand qui eut l'air de réfléchir.

— Oui !

— *Kœnigliche* (royale) galerie de tableaux? Il appuya sur le mot royale.

— Oui, répondis-je.

— Je ne sais pas où est cette galerie.

— Mais est-ce qu'il y en a une autre ?

— Non, il n'y en a pas d'autre !

Dostoïevski avait sur la mission politique de l'Allemagne des idées d'une certaine originalité et qui lui sont particulières. Il n'attendait pas de l'empire germanique comme de la France la rénovation sociale ; il croyait au contraire que, pour assouvir sa soif de domination, l'Allemagne ne reculerait devant aucun bouleversement. Si toutes les prévisions de Dostoïevski n'ont pas été justifiées par les événements, le lecteur n'en sera pas moins surpris de voir la justesse de son coup d'œil, et de l'entendre, à un moment où personne n'y songeait, prédire l'effroi que causerait à l'Allemagne une alliance franco-russe.

« La mission de l'Allemagne, dit-il, est toujours la même et, depuis son entrée dans la vie politique, elle poursuit un but unique. Elle est avant tout *protestante,* — non pas de ce protestantisme qui s'est si nettement affirmé avec Luther, non — elle proteste d'une protestation éternelle contre le monde romain, contre l'esprit de Rome et sa mission, contre tout ce que l'ancienne Rome a légué à la nouvelle, contre tous les peuples qui ont recueilli l'héritage de Rome, c'est-à-dire son idée, sa formule, son élément. »

... « Le trait le plus caractéristique de ce grand peuple germain, orgueilleux et bizarre, c'est que, dès ses premiers pas dans la vie politique, il a refusé de s'associer aux principes du monde latin et de partager sa mission. Il n'a pas cessé pendant deux mille ans de protester contre ce monde, bien qu'il n'ait pas jusqu'ici révélé l'idéal qu'il prétend substituer à l'idéal latin, mais il n'en est pas moins

convaincu qu'il possède cet idéal et qu'il
est capable de conduire l'humanité à ce
but. »

Jusqu'à la grande Révolution, l'idée
luthérienne, l'idée du libre examen avait
eu sa valeur en Europe, mais, lorsque l'i-
dée française est venue convier l'humanité
à l'union de tous les hommes au nom de
l'égalité sociale et du droit de tous à la
participation des biens de ce monde,
l'Allemagne sembla pour un certain temps
ébranlée ; elle douta d'elle-même jusqu'au
jour où elle a engagé une nouvelle lutte
avec son ancien adversaire, lutte où elle
devait triompher par le fer et le sang.

« Le chauvinisme, reprend Dostoïevski,
l'orgueil et une confiance illimitée en leur
puissance ont enivré les Allemands après
la guerre. Ce peuple qui a été si rare-
ment vainqueur et si souvent vaincu, venait tout à coup de vaincre la nation qui

4

avait humilié tous les autres peuples...

« D'un autre côté, le fait que l'Allemagne, hier encore toute morcelée, a pu en si peu de temps développer un organisme politique aussi fort, pouvait bien porter les Allemands à croire qu'ils vont entrer dans une nouvelle phase de brillant développement.

« Cette conviction a eu pour conséquence de rendre l'Allemand non seulement chauvin et orgueilleux, mais léger ; maintenant ce n'est pas uniquement l'épicier ou le cordonnier tudesques qui ne doutent plus de rien, mais aussi les professeurs, les savants éminents et jusqu'aux ministres!

« Un seul groupe conçut des doutes immédiatement après la victoire ; à sa tête se trouvait le prince de Bismarck.

« Les troupes allemandes n'étaient pas encore sorties de la France, que déjà il s'apercevait que le résultat obtenu par

« le fer et le sang » était nul et que, pour
atteindre son but, il aurait dû faire le double de ce qu'il avait accompli.

« Sans doute il restait à l'Allemagne
de sérieux avantages : la France, privée
de l'Alsace et de la Lorraine, était devenue par l'étendue de son territoire une si
petite puissance, que si les troupes allemandes avaient pu gagner encore deux
batailles, elles pénétraient dans le centre
de la France et, au point de vue straté-
gique, celle-ci était perdue.

« Mais comment être certain de rempor-
ter la victoire dans ces deux batailles?

« Si quelques-uns de ses compatriotes
se faisaient des illusions, Bismarck n'i-
gnorait point que l'Allemagne n'avait pas
battu la France, mais seulement Napoléon et son régime. L'armée française ne
resterait pas toujours si mal organisée, ni
si mal dirigée ; la France n'aurait pas éter-

nellement pour maître un usurpateur qui
choisit des généraux et des fonctionnaires
conformes à ses intérêts dynastiques, laissant tranquillement à la tête de ses armées
de véritables nullités. L'Allemagne ne peut
se flatter non plus de voir un nouveau
Sedan; la déroute de Sedan n'était possible que parce que Napoléon savait parfaitement qu'il ne pourrait rentrer à Paris
qu'avec l'aide du roi de Prusse. Enfin,
l'armée française ne serait pas toujours
commandée par des généraux aussi incapables que Mac-Mahon ou par des traîtres comme Bazaine. »

« La nation allemande enivrée par un
triomphe si imprévu a pu croire que la
victoire était due à ses mérites, mais Bismarck savait bien à quoi s'en tenir; il
avait compris que le vaincu qui peut
payer d'un seul coup et sans froncer
le sourcil une indemnité de trois mil-

liards, n'est pas un ennemi à dédaigner.

« D'un autre côté, Bismarck se demandait si l'unité de l'empire germanique était destinée à durer... si on ne la verrait pas sombrer lorsque les hommes qui l'ont créée viendraient à manquer. Il était peu probable que les Allemands perdissent ainsi tout d'un coup, comme par enchantement, leur goût pour le régime fédéraliste dont ils avaient une si longue pratique, et l'on sait que les Allemands sont tenaces dans leurs habitudes. Puis il savait que la génération actuelle avait été conquise à l'idée de l'unité allemande par des succès inopinés, grisée par la victoire et maintenue par la main de fer de ses maîtres.... Mais qui pourrait garantir que des tendances fédéralistes ne se manifesteront pas lorsque l'ennemi, qui jour et nuit se prépare pour la revanche, sera tout à fait relevé de ses malheurs ?...

« Enfin, le prince de Bismarck est dominé par une inquiétude qui prime toutes les autres. L'Allemagne occupe le centre de l'Europe ; si puissante qu'elle soit, elle n'en est pas moins enclavée entre la France et la Russie. Il est vrai que la Russie est une puissance amie, mais qu'adviendra-t-il le jour où elle comprendra que ce n'est pas elle qui a besoin de l'Allemagne, mais l'Allemagne qui a besoin d'elle, et par-dessus tout que *le sort de l'Allemagne dépend fatalement de la Russie surtout dans l'éventualité d'une guerre avec la France?* »

Dostoïevski s'est posé souvent cette question et l'a résolue chaque fois d'une manière différente, selon le point de vue auquel il se plaçait pour envisager l'évolution historique de l'humanité.

A l'époque de sa vie où le grand romancier se montrait plein de confiance dans l'avenir de la France, où il la voyait fidèle à son idéal et à sa mission, qui est d'apporter le salut au monde au nom de l'égalité sociale, Dostoïevski ne cessait de signaler aux Russes la haine qui couvait dans le cœur de l'Allemagne et son mépris pour tout ce qui est slave. A ce moment-là, il lui semblait qu'un rapprochement entre l'Allemagne et la Russie ne pouvait amener qu'une alliance monstrueuse, mais plus tard, lorsque l'écrivain vers la fin de sa vie versa dans les idées slavophiles et subit l'influence de Katkoff « il adora ce qu'il avait brûlé et brûla ce qu'il avait adoré. » Il publia ses dernières œuvres dans le *Messager Russe*, la revue de Katkoff, et c'est alors qu'on eut le spectacle affligeant de voir le généreux ami de la France, l'enthousiaste disciple de la Révolution tracer ces lignes regrettables :

« L'Allemagne a besoin de nous ; elle a besoin de nous, non seulement pour une alliance politique passagère, mais pour une action éternelle. L'idée de l'unité de l'Allemagne est vaste, grandiose et son origine se perd dans la profondeur des siècles. L'objet de son action, c'est l'Occident tout entier. Sa mission est de substituer aux principes romains et gaulois ses propres principes, pour devenir la maîtresse de l'Occident en abandonnant l'Orient à la Russie. Ces deux grandes nations sont destinées à changer la face du monde. »

Telle est la puissance de l'esprit de parti, qu'il peut égarer même un génie aussi indépendant que celui de Dostoïevski. Que n'est-il encore vivant pour voir à quel point il s'est fourvoyé et revenir à l'idéal de sa jeunesse et de sa maturité, pour reconnaître que l'alliance qui pourra changer la face du monde n'est pas celle de l'Allemagne et de la Russie ! Avec la sincérité qui l'a toujours caractérisé, Dostoïevski n'hésiterait pas à renier l'erreur de ses dernières années de souffrances moroses, il répudierait dans des pages éclatantes de repentir les pernicieuses influences qui l'ont détourné, aux heures de faiblesse et de pessimisme, du rêve de sa jeunesse et des sympathies qui ont fait battre son cœur pendant les meilleures et les plus fécondes années de sa vie et de son talent...

I

BISMARCK ET KATKOFF

Le germanisme de M. Katkoff. — Injures contre Victor Hugo. — Accusations contre *le Temps*. — Reproches à Tourguéneff à cause de sa gallomanie. — Hosanna à l'amitié allemande. — Enthousiasme de M. Katkoff pour le chancelier. — 1875. — Les intérêts de l'Allemagne avant tout. — Au plus rusé. — La Bulgarie. — Le revirement de M. Katkoff. — La fête de Pouchkine. — La mort de Katkoff.

Il est reconnu que les nouveaux convertis pèchent par excès de zèle et poussent aux dernières limites leur ardeur à renier les idées de leur jeunesse. Tel fut le cas pour M. Katkoff, lorsqu'il lâcha son ami Tourguéneff et revint de ses sympathies anglaises, pour s'élancer dans

la voie de la réaction où il devait faire sa
fortune, et dans laquelle il a persévéré
sans qu'aucun scrupule l'ait jamais arrêté
un seul instant. Tandis que ses anciens
amis couraient en avant et devenaient de
plus en plus libéraux, Katkoff courait en
arrière et devenait chaque jour plus ré-
trograde. Depuis la chute de l'empire, le
parti libéral russe ne cessait de proclamer
qu'il n'y avait parmi toutes les puissances
de l'Europe « que le peuple russe et le
peuple français qui fussent capables d'accorder leurs intérêts nationaux avec ceux
de l'humanité en général ; que jamais
d'autres nations n'ont fait autant de sacri-
fices pour le bien d'autrui, et ne se sont
montrés aussi prompts à s'enflammer pour
de grandes idées. »

Pendant ce temps, M. Katkoff ne cessait d'exciter les Russes contre « cette
nation turbulente » à laquelle il prédisait

le sort de la Pologne. A mesure que la République s'affermissait, le mécontentement allait grandissant ; à chaque progrès réalisé, il se livrait dans le *Journal de Moscou* à des philippiques contre la France plus violentes que celles des plumitifs aux gages de M. de Bismarck.

Lorsque Victor Hugo adressa au tzar une lettre touchante pour solliciter la grâce des révolutionnaires condamnés à mort, le *Journal de Moscou* dénonça cet acte d'humanité et le qualifia en termes trop injurieux pour que je consente à les reproduire ici. Quand, en 1879, *Le Temps*, publia sur la vie des détenus dans les prisons cellulaires en Russie, une étude précédée d'une préface de Tourguéneff, M. Katkoff assura que la presse française se rendait complice des nihilistes.

Quelques années plus tard, Tourguéneff invita, par l'entremise de la presse libé-

rale, les Russes à participer à une sous-
cription qu'on venait d'ouvrir dans le but
d'élever une statue à Flaubert ; M. Katkoff profita de cette occasion pour déverser
sur la France et sur son ancien ami un
tel torrent d'invectives que Tourguéneff,
révolté, en tomba malade de chagrin. Le
grand romancier écrivait un peu plus tard
à un ami : « Ces injures ont excité en moi
un tel sentiment de dégoût que je me demande quand j'aurai le courage de re-
prendre la plume ! »

Par contre, s'il s'agissait de prendre
part à une fête allemande et de faire l'aimable auprès de la cour de Warzin,
M. Katkoff ne trouvait plus assez de miel
dans son encrier pour exprimer les effu-
sions de sa joie. Il se plaisait à endoc-
triner ses fidèles.

« De quel côté que nous nous tour-
nions, nous ne trouverons jamais nulle

5

part un prétexte qui puisse susciter un
conflit entre nos intérêts et ceux de l'Allemagne... Elle est notre meilleur soutien
pour défendre nos intérêts extérieurs...
L'Allemagne se réjouit de nos succès en
Orient... Mais peut-être est-on d'avis que
nous sommes tenus de venger la France,
de prendre le parti du pape et d'envoyer
une seconde fois l'empereur d'Allemagne
à Canossa...

« Rien ne peut empêcher l'Allemagne
d'être la meilleure et la plus fidèle amie
de la Russie parce qu'elle est dirigée par
un homme d'État qui comprend toute
l'utilité de cette amitié... L'histoire de
ces dernières années en fait foi. Ce n'est
pas la diplomatie allemande qui a fait
courir en Russie le bruit que l'Allemagne,
oublieuse des services que nous lui avons
rendus, a pris perfidement sur les Bal-
kans une attitude offensive ; non, notre

devoir d'historien est de reconnaître que
notre diplomatie, toujours favorable à la
France, a néanmoins trouvé partout l'appui moral de l'Allemagne. Mais notre
diplomatie a repoussé sciemment toutes
les avances qui lui ont été faites pour
aboutir à une entente ; elle s'est fait un
devoir de n'être jamais de l'avis du chancelier, même dans le cas où l'honneur de
la Russie était en jeu. Au congrès de Berlin, le prince de Bismarck est toujours
resté de notre côté, il a été plus Russe que
notre diplomatie dont les pieds ne repo-
saient pas sur le sol national. » (*Journal
de Moscou*, 1882, n° 362.)

Est-il possible d'être plus Allemand
que le journaliste qui appelle Bismarck
plus Russe que notre diplomatie ! s'écrie
M. Gradovski dans sa remarquable étude :
*La Presse russe et les feuilles of-
ficieuses allemandes*, à laquelle j'ai

emprunté les citations qui précèdent.

— Non, il est impossible d'être plus Allemand, et, du reste, jusqu'à ces derniers temps, M. Katkoff ne s'en serait point défendu. Allemagne était pour lui synonyme d'autocratie, et ce nom seul réjouissait délicieusement son oreille ; la conquête de l'Alsace et de la Lorraine lui rappelait le partage de la Pologne ; les lois contre les socialistes répondaient aux sévérités exercées sur les nihilistes. Enfin, pas un acte de la vie du chancelier qui n'évoquât devant M. Katkoff quelque événement de sa propre carrière politique. Comment rester insensible à tant de causes de sympathie et à tant d'affinités d'esprit ?

Le secret auquel Dostoïevski faisait allusion, et qui, selon lui, n'était connu que de Bismarck, n'avait pas de mystère pour M. Katkoff. Celui-ci se flattait que l'Allemagne était rivée à la Russie tant

qu'elle-même redouterait la France. En
effet, l'attitude peu favorable que Bismarck
affecta envers la Russie au congrès de
Berlin était justifiée par la conduite de la
diplomatie russe qui s'opposa nettement,
en 1875, à une nouvelle invasion allemande en France.

« Ah ! ah ! s'écrie M. Katkoff à ce propos : MM. Gortchakoff et de Giers, vous
vous payez des sympathies françaises ; eh
bien ! le chancelier allemand vous a bien
refait dans vos négociations au sujet de la
question d'Orient ! »

Et M. Katkoff applaudit et trouve que
la Russie mérite cette leçon, pour la punir
de ses sympathies pour la nation impie.
Il va plus loin, il veut venger l'affront
que la diplomatie russe a infligé à M. de
Bismarck en l'empêchant de se ruer sur la
France, et il préconise une alliance des
trois empereurs qui formera « une nou-

velle ligue de la paix ». En attendant, il
se réjouit, avec les journaux qui sont dévoués à M. de Bismarck, de la chute du
ministère gladstonien et accueille avec
enthousiasme le cabinet de Salisbury, ou-
bliant volontairement, pour plaire à son
ami le chancelier, que ce cabinet conserva-
teur poursuit la politique turcophile que
lord Beaconsfield a mise en honneur.

Cette erreur vient peut-être de ce que
l'amour est aveugle, même lorsqu'il a pour
objet M. de Bismarck, qui ne passe cependant pas pour tendre.

Le 1er janvier 1885, M. Katkoff confes-
sait hautement sa foi dans le chancelier:

« Les bonnes relations de la Russie et
des puissances voisines, scellées par l'en-
trevue de Scernevitz, déterminent la situation actuelle de l'Europe, et grâce à ces
relations nous pourrons accomplir de
nouvelles évolutions politiques sous la

main habile du chancelier allemand...

« Cet homme d'État qui veille courageusement aux intérêts de l'Allemagne, est parvenu à résoudre *le problème si complexe de la réconciliation de l'Allemagne, sinon avec la France, au moins avec son gouvernement actuel.* » (Le ministère de M. Ferry.)

Fort de la conviction, qu'il tenait de M. de Bismarck, que le jour où les intérêts de la Russie l'exigeraient le chancelier allemand, pour qu'on le laissât libre de pratiquer une nouvelle saignée en France, abandonnerait Constantinople et la Turquie d'Asie à la Russie, le directeur du *Journal de Moscou* célébra avec enthousiasme, en 1884, la création d'une ambassade allemande à Téhéran :

« Jusqu'ici nous n'avons trouvé à Téhéran que l'Angleterre, sur l'arène diplomatique ; aujourd'hui nous serons trois. .

Le diplomate russe trouvera désormais, à Téhéran, un collègue sur lequel il pourra compter, et dont il pourra rechercher l'appui pour contrebalancer l'influence anglaise. Les services mutuels que ces deux légations peuvent se rendre serviront à unir encore plus étroitement la Russie et l'Allemagne, *pourvu que nous sachions respecter les intérêts de cette dernière.* »

Mais plus M. Katkoff devenait Allemand, moins M. de Bismark devenait Russe. Chacun des deux bons amis voulait être le premier à bénéficier de leur pacte d'amitié.

Le chancelier allemand se disait sans doute : « Je reconnais que le directeur du *Journal de Moscou* fait de son mieux pour amener une alliance entre la Russie et l'Allemagne : c'est qu'il compte que nous le servirons en Bulgarie. Mais à quoi aboutirais-je si je permettais à la Russie d'ex-

ploiter mon amitié à son profit, sans
qu'elle me donne une compensation en
Occident?... M. Katkoff avait beau être de
mon côté, en 1875, la Russie ne m'a pas
laissé mes coudées franches, et qui sait si
elle ne me réserve pas encore le même
sort? Une Russie trop puissante ne fait pas
mon affaire, car, comme l'a si bien remar-
qué Dostoïevski : *le sort de l'Allemagne
dépend fatalement de la Russie, surtout
dans l'éventualité d'une guerre avec la
France.* »

Et soit dans le but de se chercher une
consolation, soit simplement pour faire
réfléchir M. Katkoff, son ami, le prince
de Bismarck a donné à l'Europe le spectacle du drame qui se joue en Bulgarie.

Le directeur du *Journal de Moscou*,
soit qu'il subit une pression ou qu'il ne
pût revenir si vite de son aveuglement,
soit plus probablement encore, parce que

5.

ses tendances réactionnaires le portent
fatalement vers l'Allemagne et le détour-
nent de la France républicaine, ou pour
toute autre raison n'en a pas moins conti-
nué à prêcher une alliance allemande, re-
jetant tous les insuccès de la Russie en
Bulgarie sur le compte du prince de
Battenberg ou des « intrigues polonaises »,
ce spectre rouge qui hante toujours les
rêves de M. Katkoff.

L'année dernière il se berçait encore
d'illusions et écrivait : « L'Allemagne a
besoin de notre amitié et ne songe pas à
former une coalition contre nous. »

Ce n'est qu'au commencement de cette
année, lorsque le jeu de M. de Bismarck
n'a plus eu de mystère pour personne, lorsque l'entourage du tzar mécontent, outré
de l'attitude que l'Allemagne a prise dans
la question bulgare, a réclamé une rupture avec cette puissance, ce n'est qu'alors

que M. Katkoff, fidèle à sa tactique de se ranger toujours du côté du manche, vint déclarer à son tour la guerre à la politique de son ancien ami. Le chancelier allemand insinua vainement, pour le ramener, que l'hostilité entre la Russie et l'Allemagne favoriserait les intrigues polonaises, M. Katkoff répondit assez vertement :

« Nous ne comprenons pas comment un homme d'État sérieux peut recourir à des faux-fuyants si puérils et qui n'ont aucune raison d'être. »

A partir de ce moment, le *Journal de Moscou* a soumis la politique de son ex-allié à une analyse minutieuse, et l'homme d'État « sérieux », qu'il avait proclamé plus Russe que la diplomatie russe, est à présent mis à l'index et voué à l'exécration de tous les sujets du tzar.

Cependant, le prince de Bismarck continue à diriger contre M. Katkoff l'arme

dont le directeur du *Journal de Moscou*
se servait, hier encore, contre tous ceux
qui se permettaient de mettre en doute la
sincérité du chancelier.

Ainsi, le prince de Bismarck fit publier
par les journaux qui lui sont dévoués que
la cession de la Bosnie et de l'Herzégo-
vine à l'Autriche s'était accomplie sans
son consentement et à son insu, parce que
la Russie, au lieu de le mettre dans ses
conseils, lui témoignait de la défiance et
penchait du côté de la France.

Comme M. Katkoff avait toujours opposé ces mêmes arguments aux libéraux
russes, il était mal placé pour les réfuter.
Aussi la réponse du *Journal de Moscou*
est-elle très faible : l'organe de M. Katkoff
cherche à porter l'attaque sur un autre
point, plus vulnérable, de l'Allemagne.

C'est sur elle qu'il tourne aujourd'hui
l'aiguillon de ses sarcasmes, dont il déchi-

rait la France, il y a une année à peine, chaque fois qu'elle manifestait quelque velléité patriotique.

« Le professeur Chneibler, écrit M. Katkoff, assure le public allemand que la mélinite française n'est pas redoutable, parce que, aussitôt qu'elle se décompose, elle se transforme en sucre! Mais ce sucre sera-t-il doux aux Allemands quand les Français le leur présenteront? C'est une autre question. En tout cas, en France on ne le croit pas, bien que cette nation possède des chimistes qui ne le cèdent en rien aux savants allemands, pour ne citer que M. Berthelot, l'ancien ministre de l'instruction publique. Espérons que les choses n'iront pas assez loin pour qu'on se livre à des expériences sur ce sucre! N'oublions pas non plus que le changement de ministère, en France, n'exclut pas la possibilité d'expériences de ce genre, et

bien que Boulanger ne soit plus ministre
de la guerre, nous ne doutons pas que
l'attention de son successeur sera dirigée
du même côté. »

Les intentions actuelles de M. Katkoff ne sont pas douteuses ; ses sympathies
pour la France ont été nettement accusées !
Cependant celle-ci aurait-elle raison de se
fier, sans restriction, à un ami d'aussi
fraîche date ?

C'est une question qu'il est permis de
se poser, et il serait prudent de ne jamais
perdre de vue les antécédents du directeur du *Journal de Moscou*.

On se rappelle qu'en 1880 la Russie célébra la fête de son illustre poète national,
Pouchkine. Il semblait, à ce moment, que
des horizons nouveaux s'ouvraient pour
cette grande nation. Le bruit s'était ré-
pandu qu'Alexandre II, pour clore l'ère
des attentats révolutionnaires, allait oc-

troyer la constitution. Comme gage de sa
bonne volonté, le nouveau tzar retirait sa
faveur au ministre de l'instruction publique, le comte Dmitri Tolstoï, qui incarnait
aux yeux du pays l'élément réactionnaire,
et qui fut toujours soutenu par M. Katkoff. La presse reçut l'autorisation de
commenter la chute de ce ministère avec
une liberté d'allure jusque-là inconnue
dans l'empire moscovite. Tout semblait
présager le triomphe du parti libéral. Tous
les représentants de ce parti se donnèrent
rendez-vous à la fête de Pouchkine, qui
fut célébrée avec un grand éclat. Tourguéneff, quoique malade, fit le voyage de
Paris à Saint-Pétersbourg exprès pour
prendre part à cette solennité, où il prononça un discours... Mais au milieu de
cette fête nationale, pendant que tous glorifiaient la liberté à laquelle Pouchkine avait
aspiré avec toute la ferveur de son cœur

et de son génie, M. Katkoff se leva, et s'avançant vers le groupe que formaient Tourguéneff et ses amis, leur tendit la main...

Personne ne répondit à son avance, et cette tentative de réconciliation entre réactionnaires et libéraux échoua. Évidemment ceux-ci se défiaient de la conversion subite de M. Katkoff au moment où son parti tombait en disgrâce.

Ce chapitre était déjà sous presse lorsque le télégraphe apporta la nouvelle de la mort de Katkoff. Cet événement ne modifie en rien mon opinion ; Katkoff représentait le parti réactionnaire qui a pour organe le *Journal de Moscou* et le *Messager russe*, et en indiquant les rapports qu'il a entretenus avec Bismarck j'avais pour but de faire sentir à la France quel degré de confiance elle peut accorder à ce parti et aux hommes qui le composent.

V

BISMARCK COMME PRUSSIEN
ET COMME HOMME.

Le sang prussien du chancelier. — Danger commun
pour la Russie et pour la France. — Aveux de Bismarck. — Incapacité des diplomates russes et français. — Gortchakoff en 1870. — Volonté d'Alexandre II.
— Le Congrès de Berlin. — Bismarck joue Kisseleff,
Napoléon III et Thiers. — Le patriotisme de Bismarck et le *Messager d'Europe*. — Bismarck et la
liberté. — La décadence de l'empire germanique. —
Un mot de Tourguéneff.

Pour apprécier avec impartialité l'œuvre
du prince de Bismarck, il faut le consi-
dérer à deux points de vue : l'envisager
d'abord en sa qualité de Prussien, — je
ne dis même pas d'Allemand, — ne voir
en lui que le citoyen prussien qui a voué

sa vie et toutes ses énergies physiques et morales à un but unique, donner au petit royaume au sein duquel il est né une prédominance matérielle sur toutes les autres nations, — puis analyser l'action que cet homme a exercée sur son siècle, sur toute la société contemporaine, influence désastreuse qui a entravé la marche de l'humanité vers la réalisation de son grand rêve de liberté, d'égalité et de fraternité !

Dès ses premiers pas dans la carrière politique, Bismarck a déclaré dans son langage brutal et cynique qu'il veut sacrifier pour la Prusse « jusqu'à la dernière goutte de son sang ».

« Je n'étais pas l'adversaire de l'Autriche, écrivait Bismarck au baron Manteuffel en 1855, quand on m'a envoyé à Francfort il y a quatre ans, mais j'aurais renié en moi jusqu'à la *dernière goutte de sang prussien,* si j'avais cherché à conserver en moi la moindre amitié pour l'Autriche telle que la comprend le gouvernement de cet État. »

Des allusions à ce « sang prussien » reviennent à cette époque dans toutes les lettres écrites par Bismarck et dans toutes ses déclarations officielles.

Eh bien ! au point de vue national comme au point de vue de ce que Bismarck appelle « le matérialisme dans la politique », le ministre prussien présentait un danger réel pour la France comme pour la Russie. Lui-même a toujours reconnu que le plus grand obstacle qu'on pourrait opposer à l'accomplissement de ses desseins, qui sont d'assurer à la Prusse la suprématie en Occident, serait une entente entre la France et la Russie.

Bismarck écrivait dans une lettre adressée au baron Manteuffel, datée du 26 avril

1856, que nous empruntons à l'intéressante étude de Poschingen, *Preussen und Bundestag* (Leipsig, 1882.)

« La Russie et la France sont les deux grandes puissances que leur situation géographique et leurs buts politiques préservent le mieux d'une inimitié réciproque : ces deux pays n'ont aucun intérêt qui puisse amener *nécessairement* un conflit. »

Puis, après avoir indiqué que la Sainte-Alliance et l'antipathie de Nicolas Ier pour la famille d'Orléans ont détourné ces deux puissances d'une alliance naturelle, Bismarck constate que ces obstacles n'existent plus, et il ajoute :

« Même la guerre de Crimée, qui vient de se terminer, était menée sans haine et a servi plutôt les intérêts de la politique intérieure en France que ceux de l'extérieur. Depuis la chute des Orléans et la mort de Nicolas, je ne vois pas ce qui pourrait arrêter le *penchant naturel* qui pousse ces deux peuples à s'unir, car les amabilités qu'ils échangent *sont plutôt la preuve d'une sympathie naturelle qu'un moyen de la provoquer.* »

Bismarck ne se fait aucune illusion sur le sort qui eût été le partage de l'Allemagne à cette époque, si une guerre eût éclaté entre elle et les forces combinées de la France et de la Russie. Il savait que l'alliance de l'Autriche n'aurait pas suffi pour sauver la Prusse. Il constatait également que les États allemands ne se mettraient du côté de l'une ou l'autre des deux grandes puissances allemandes qu'autant qu'ils y seraient contraints. Il n'ignorait point qu'en présence d'un danger imminent, la Bavière, le Wurtemberg, et les autres petites principautés ne se feraient aucun scrupule de sacrifier l'existence de la Confédération germanique à leur désir de rester en dehors du conflit, à leur amour de la paix.

Comment le chancelier prussien a-t-il pu surmonter toutes ces difficultés en moins de quatorze années ? C'est qu'il n'a trouvé ni en Russie ni en France un homme capable de lui tenir tête. Il a mené par le bout du nez tous les diplomates de son temps sans qu'ils s'en soient doutés un seul instant. Il a su persuader au prince Gortchakoff, dont les sympathies pour la France sont bien connues, qu'il n'a battu l'Autriche que pour être agréable à la Russie et qu'il est conforme à la politique russe que l'hégémonie de l'Allemagne appartienne à la Prusse, cette Prusse dont la famille royale est liée à celle des Romanoff par des liens multiples de parenté, tandis que l'Autriche est l'ennemi séculaire de l'empire moscovite.

La guerre de 1870 éclata sur la tête de Gortchakoff comme un coup de foudre; il se trouvait aux eaux, sans avoir le moindre soupçon de ce qui couvait sous le crâne du chancelier prussien. Consternée à la pensée des conséquences que l'affaiblissement de la France pouvait avoir pour la Russie, Gortchakoff se rendit en toute hâte à Saint-Pétersbourg pour conférer avec le tzar sur la ligne de conduite à suivre; il dut s'incliner devant la volonté arrêtée du souverain et consentir sur la proposition d'Alexandre II à envoyer au cabinet autrichien une note diplomatique, pour l'engager à observer la neutralité, s'il ne voulait pas amener une intervention de la Russie. Bismarck avait conduit l'affaire si rondement, que Gortchakoff n'eût pas même le temps de poser des conditions au service que la diplomatie russe allait rendre à la Prusse.

Or M. de Bismarck n'est pas homme à payer ce qu'il peut obtenir gratuitement.

D'ailleurs l'ascendant de Bismarck sur Gortchakoff était si puissant, qu'il l'entraîna même après la leçon de 1870 dans une alliance dont les tristes conséquences pour la Russie ressortent si clairement du congrès de Berlin. Cette fois, le prince Gortchakoff se sentit personnellement blessé par la politique du chancelier ; celui-ci, pour toute réponse, fit entonner dans tous les journaux qu'il inspire un chœur de louanges à l'adresse du patriote allemand qui a su si habilement rouler un diplomate russe.

Un autre homme d'État russe, le comte Kisseleff, croyait de bonne foi que l'unité de l'Allemagne était une de ces utopies qui ne peuvent naître que dans un cerveau fêlé. Il ne tenta même pas de détromper M. de Bismarck qui s'emballait à la poursuite de cette chimère.

En France, Napoléon III assistait en se frottant les mains à la lutte de la Prusse et de l'Autriche ; son imagination d'aventurier lui montrait les deux puissances s'épuisant en querelles et lui offrant une superbe occasion de pêcher en eau trouble.

C'est en effet dans cette eau qu'il a pêché le désastre de Sedan.

Thiers, plus clairvoyant, prévoyait depuis longtemps que l'extension que prenait la Prusse pouvait devenir un danger sérieux pour la France, mais il professait une médiocre sympathie pour la Russie, éloignement qu'expliquent suffisamment ses attaches orléanistes, lesquelles lui ont aliéné également la faveur du tzar et de ses ambassadeurs.

Nous voyons par tous ces exemples

6

que Bismarck n'a pas rencontré sur sa route un seul diplomate de sa taille pour lui barrer le chemin.

Si le patriotisme consiste à aimer son pays, ses lois, son souverain au-dessus et par-desssus tout, à consacrer sa vie entière à l'agrandissement de ce pays, à son prestige au dehors, certes, Bismarck a bien mérité de l'Allemagne, et ceux qui se font les défenseurs du patriotisme à outrance pourraient-ils reprocher à ce Prussien d'avoir rempli le devoir sacré de tout patriote?

Un Russe ou un Français qui auraient mis le même zèle et la même habileté au service de leurs patries respectives, recueilleraient les suffrages de tous leurs compatriotes.

C'est pourquoi Bismarck, considéré comme Prussien, n'a jamais été attaqué en Russie.

Sans parler de M. Katkoff, qui déclarait le chancelier prussien plus Russe que les diplomates russes, et qui trouvait que le meilleur vœu qu'il pût formuler pour sa patrie était de lui souhaiter un homme d'État de génie comme Bismarck, nous trouvons dans le *Messager d'Europe*, l'éloge de la politique nationale du grand homme de l'Allemagne moderne. Ce journal est l'organe du parti libéral, et son collaborateur M. Martens s'exprime en ces termes :

« Personne ne contestera que le fondateur de la puissante Allemagne contemporaine est un homme politique de génie et un esprit colossal. Nous avons tous assisté à l'accomplissement de son œuvre formidable ; ses amis et ses ennemis sont d'accord pour constater qu'en moins de huit ans la Prusse est devenue un État puissant, que l'Allemagne faible et désunie est aujourd'hui la puissance la plus forte de l'Europe centrale...

« On peut manquer de sympathie pour le caractère personnel du chancelier, on peut douter de la solidité des bases sur lesquelles il a édifié l'Empire germanique, on peut regretter la tendance réactionnaire que la politique intérieure de l'Allemagne a prise ces derniers temps, mais personne ne peut nier qu'un succès inouï a couronné les efforts de Bismarck pour atteindre le but qu'il s'est proposé : placer la Prusse à la tête de l'Allemagne unifiée par la force d'une politique « nationale », c'est-à-dire d'une politique qui, pour employer les paroles de Bismarck lui-même, « fait marcher la nation en avant des autres sur le chemin du progrès et de la civilisation », et qui « satisfait ses aspirations vers un progrès continuel de ses institutions politiques et le développement de ses forces intellectuelles. »

« Un rapport organique et continu entre le développement progressif de la vie *intérieure* du peuple avec son influence *extérieure*, voilà l'idéal qui a été réalisé brillamment par la politique germanique de Bismarck. Cette idée fondamentale a inspiré toute sa vie politique depuis son origine jusqu'à la fondation de l'Empire, et elle contient la clé qui explique toutes les victoires que le chancelier prussien a remportées dans la diplomatie et sur les champs de bataille...

« La politique nationale de Bismarck ne se proposait pas de ramener la Prusse au temps des *Kurfürsts* de Brandebourg, ni de se dérober aux exigences de notre temps. La Prusse devait devenir elle-même la tête intellectuelle (*intellectuelle Spitze*) de l'Allemagne, avant de conclure l'union de tous les États germains sous la domina-

tion du roi de Prusse. Ce petit royaume
devait présenter, dans ses institutions
politiques et sociales, un modèle qui
servirait d'exemple aux autres peuples allemands et deviendrait l'idéal de
leurs aspirations intellectuelles et politiques...

« En effet, au moment où Bismarck
touchait au but de sa vie, la Prusse était,
par sa civilisation et par la maturité de
sa politique, supérieure à la majorité des
autres États allemands; c'est pour cela
qu'elle a obtenu le droit moral de se
mettre à la tête de toute la nation allemande. »

Si le *Messager d'Europe* rend hommage
aux mérites du chancelier allemand comme
patriote prussien, son appréciation change
du tout au tout lorsque, laissant de côté
l'œuvre nationale de Bismarck, il se demande ce que ce grand homme d'État a

fait pour le bien de l'humanité ou même de ses propres concitoyens.

« La vie politique de l'Allemagne actuelle nous transporte dans une atmosphère qui rappelle l'air vicié des hôpitaux. Le grand chancelier est malade depuis longtemps et sa maladie se reflète dans l'État intérieur de l'Empire, comme c'est toujours le cas avec un gouvernement personnel.

« Il y a déjà longtemps qu'il s'est séparé de la majorité de la société cultivée de l'Allemagne ; il a créé autour de lui un isolement voulu, il a écarté soigneusement tous les esprits indépendants, il n'a gardé pour collaborateurs que des nullités serviles. Il n'a personne autour de lui qui soit capable de lui aider, personne qui soit prêt à lui succéder.

« La représentation nationale est devenue entre ses mains un instrument docile, qui ne peut que sanctionner le fait accompli, mais qui n'exerce aucune influence sur la vie du peuple... Le prince de Bismarck a atteint son but : il a réussi à anéantir toute velléité d'opposition à ses plans, mais du même coup il a paralysé la vie nationale que sa politique devait favoriser...

« Aussi longtemps que la personnalité de Bismarck dominera sans frein tous les intérêts politiques du pays, cet état maladif de l'Empire continuera. Il y a tout au plus quinze ans que cet empire a été fondé, et déjà il souffre d'une vieillesse anticipée. »

« Tandis que les classes ouvrières se distinguent par leur haine du militarisme et leur horreur de la caserne, on voit parmi les classes cultivées grandir chaque jour l'aversion, comme une répulsion physique, pour cette politique qui n'est qu'un tissu de violences ouvertes et dissimulées, de desseins perfides et de supercheries de toute sorte; cette politique basée sur les instincts les plus bas, qui déprave l'opinion publique à l'aide d'une presse soldée; cette politique immorale qui est l'élément essentiel du système gouvernemental de Bismarck.

« Les Allemands, fiers de leur supériorité intellectuelle et de la moralité dont ils s'adjugent la palme, se sont aperçus avec dégoût qu'en définitive le chancelier les mène sur les traces de l'empire aventurier de Napoléon III, avec cette différence qu'en France les difformités de la politique intérieure se dissimulaient sous la grâce innée des Français et leurs belles phrases ronflantes; — tandis qu'en Allemagne on ne trouve qu'une dépravation grossière, accompagnée de l'abaissement général de toutes les classes de la société sans exception...

« Les partisans les plus enthousiastes de l'idée d'un « Empire germanique », comme les professeurs Mommsen, Gneist et d'autres, commencent eux-mêmes à douter de la stabilité de leur cher « Empire », et adressent des appels passionnés à la nation allemande pour la conjurer de résister à la tyrannie de l'homme qui, avec une opiniâtreté aveugle, détruit l'édifice à peine élevé, au lieu de le consolider et de l'achever. »

Je ne peux mieux résumer l'impression que le chancelier de fer a faite sur les Russes qu'en répétant un mot de Tourguéneff, qu'il prononça peu de temps avant sa mort.

La conversation était tombée sur Schopenhauer. Tourguéneff se trouvait dans une de ses phases de gaieté et d'opti-

misme et se plaisait à railler le pessimisme amer du sombre philosophe allemand.

« — Savez-vous cependant, messieurs,
s'écria-t-il tout à coup, que je connais un
moyen infaillible de ramener les hommes
à la philosophie de Schopenhauer et de
leur donner une envie folle d'élever
un bûcher colossal et de finir cette vie
misérable par un autodafé internatio-
nal! »

Nous nous écriâmes tous à l'envi, très
intrigués :

« — Quel est ce moyen?

— « C'est de mettre à la tête de chaque
nation un Bismarck! »

VI

L'ALLEMAND DANS L'ARMÉE RUSSE

La langue allemande dans l'armée russe. — *Une excursion dans la région des pommettes.* — Souvenirs d'un officier russe. — Les principes de Frédéric le Grand. — Les *Spitzruthen.* — Mille coups de verges. Les chefs allemands dans l'armée russe. — La haine de Skobeleff. — Origine de cette haine. — Skobeleff et Tolleben. — Le discours de Skobeleff à Paris. — Son discours aux Polonais.

Si le moujik réussit à se dérober à l'intendant allemand, en entrant dans l'armée pour faire son service de sept ans, il tombe, comme on dit en russe : « du feu dans la flamme ». Là il retrouve l'élément allemand dans toute sa puissance, avec sa discipline féroce, son système qui consiste

à faire du soldat une brute docile et sans
raisonnement. A peine a-t-il commencé
son service, qu'il entend écorcher sa langue et qu'on l'oblige d'apprendre par cœur
des noms et des termes barbares aux-
quels on a conservé leur rudesse teuto-
nique. Que dirait une recrue française si,
dès les premiers jours de son apprentissage du service militaire, il devait retenir
de jolis mots comme ceux-ci : *Feldfebel*,
*Hauptwacht, feuerwerker, exercizhaus,
feldzechmeister*...? Si le conscrit russe a
de la peine à se faire à ces longs mots
tudesques, son caporal lui délie sa langue
slave à grand renfort de gifles.

M. Garchine, un jeune romancier de
talent, que nos lecteurs ont déjà rencontré
dans la *Revue politique et littéraire* et
dans le supplément du *Figaro*, a publié
d'intéressants souvenirs dans les *Annales
de la Patrie*. M. Garchine a fait la cam-

7

pagne de Russie et trace de main de maître le type de cet officier, — il devient heureusement de jour en jour plus rare, — qui, suivant l'expression du moujik, ne peut donner un ordre à un soldat russe « *sans faire une excursion dans la région des pommettes* ».

Et lorsqu'un jeune officier russe le cœur serré, et ne pouvant plus contenir son indignation, proteste contre la férocité de cette discipline allemande, il se trouve toujours un collègue, allemand d'Allemagne ou allemand russifié pour lui démontrer que sans cette discipline brutale il n'y a plus d'armée possible.

Ainsi M. Venioukoff raconte dans la *Rouskaïa Starina* (juillet 1886) comment son supérieur, un Allemand russifié, lui a déclaré qu'avec cette manière russe de traiter humainement les soldats, il ne ferait jamais un bon officier.

« Eh! mon cher, vous n'êtes pas le premier, ni le dernier qui entre au régiment avec ces théories humanitaires! Envoyez-les au diable! Vous ne réussirez qu'à me gâter mes soldats, car vous ne transformerez pas des imbéciles en hommes intelligents et le service s'en ressentira surtout si vous êtes tendre avec vos élèves, au lieu de les mener sévèrement..... Pour le service militaire mieux vaut une bûche qui ne raisonne pas qu'un soldat intelligent qui raisonne; il vaut mieux posséder un *numéro* qui d'après le commandement sait tourner le boute-feu, qu'un *numéro* qui aura peut-être la fantaisie d'essayer si l'on ne peut pas charger le canon d'une autre manière.

« Il est également nécessaire de battre de temps en temps les soldats, pour qu'ils soient toujours dominés par la crainte et qu'ils obéissent sans jamais réfléchir...

« Rappelez-vous Frédéric le Grand, continua l'officier allemand ; il était libéral, un disciple de Voltaire, et cependant en exposant à un ami les mérites de son armée, il lui dit :

« — Vous voyez tous ces hommes, chacun pris séparément ne peut pas faire autrement que de me haïr, mais tous ensemble ils me craignent et m'obéissent. Plusieurs d'entre eux seraient tout prêts à me tirer dessus. Mais une fois dans les rangs, quand ils savent que derrière eux se tient le *feldfebel* armé de son bâton, ils tremblent devant moi et me défendent eux-mêmes contre les assassins. Mais, ce qui est plus fort, je n'ai qu'à commander, et ils voleront au feu et donneront leur vie pour moi, sans réflexion, car ils ignorent jusqu'au but de la guerre, seulement ils nous croient, moi et mes caporaux, quand nous leur disons qu'ils doivent mourir pour moi..... Et comment ai-je obtenu ce résultat?... En premier lieu, à l'aide du bâton... »

« Cette théorie dans la bouche d'un jeune Allemand de vingt-six ans, ajoute M. Venioukoff, me parut si révoltante, que, dans ma stupeur, je ne trouvai rien à lui répliquer, pas même à lui opposer ce fait indéniable, qu'à la fin des fins les soldats disciplinés de Frédéric le Grand avaient été battus à plates coutures par les troupes françaises indisciplinées de 1792 ; je me contentai de répondre :

« — Eh bien ! vous pouvez battre les soldats, si cela vous fait plaisir, quant à moi, je m'en dispense...

« Cette conversation fut sans doute rapportée à mon commandant, et voici que trois jours plus tard, le *feuerwerker* (l'artificier) de la batterie m'apporte l'ordre suivant :

« Je prie l'enseigne Venioukoff de faire punir en sa présence, sur la *Hauptwachte* (dans le corps de garde) de la batterie, le soldat Zelentchouk qui doit recevoir cent coups de verge. »

« Je me sentis blêmir, un frisson courut dans toute ma peau, mes dents claquaient, mes mains tremblaient comme dans la fièvre, j'avais un brouhaha dans la tête, il semblait qu'un coup de massue m'eût défoncé le crâne..... Arrivé au corps de garde, je trouvai le bourreau prêt, ainsi que les verges; le supplice commença trente secondes après que j'eus franchi le seuil de la salle. Le malheureux patient ne songea même pas à m'implorer, il se déshabilla et présenta ses chairs nues..... »

Les Russes sont également redevables aux Allemands du supplice du *spitzruthen*, qui consistait à faire courir le patient au milieu d'un bataillon de soldats rangés en deux haies et armés de verges, qui lui labouraient le dos.

Le général Soukhosanet donna un exemple non moins édifiant de discipline allemande; il envoya son brosseur au corps de garde avec l'ordre de lui donner mille coups de verges de façon que « la peau soit enlevée de la tête jusqu'à la plante des pieds ».

Est-il étonnant que l'esprit allemand, que tout ce qui porte un nom allemand excite une haine générale dans l'armée russe? Et, malgré cette hostilité, il est triste de constater que ces reproches de Hertzen sont encore mérités aujourd'hui en Russie.

« Non seulement le gouvernement, s'écrie le directeur de La Cloche, mais nous tous, nous nous sommes habitués à croire que sans l'aide des Allemands la Russie ne peut pas être gouvernée. Il nous semblerait étrange de ne pas trouver dans un ministère russe ou dans l'armée russe un Nessellrode, un Kankrine, un Bekkendorf ou un Adlerberg ! »

Et en effet, encore à l'heure qu'il est, malgré le sincère désir que montre Alexandre III d'épurer l'armée de l'élément allemand, nous retrouvons parmi ses chefs les noms suivants :

Barclay-de-Tolly-Weimarn, commandant du premier corps d'armée.

Aller, chef du septième corps.

Baron Von-Firks, chef du deuxième corps.

Baron M.-A. Taube, chef du douzième corps.

Je ne mentionne pas la foule de simples généraux, colonels, lieutenants, majors, *rotmeister*, intendants. On voit que l'élément russe est noyé dans l'élément allemand.

Jamais la haine de l'Allemand n'avait pris les proportions qu'elle atteignit du temps de Skobeleff.

Ce général avait eu dans son enfance à subir la tyrannie allemande incarnée en la personne de son gouverneur tudesque. Celui-ci avait pour système de calmer la vivacité de l'enfant en lui donnant la verge pour la moindre peccadille. Dans sa treizième année Skobeleff s'éprit d'une fillette de son âge ; les deux jeunes amoureux faisaient souvent des promenades à cheval ensemble. Un jour, le gouverneur de l'adolescent pour une faute légère lui cingla le visage d'un coup de cravache en présence de la jeune fille. Skobeleff fou de colère cracha au visage de son maître et le souffleta vigoureusement. Cet acte de rébellion le délivra à jamais de son mentor allemand.

Son père, jugeant que l'éducation ger-

7.

manique ne convenait pas au tempéra-
ment de son fils, l'envoya à Paris et le
confia aux soins de M. Girardet, qui est
resté l'ami intime du général pendant toute
sa vie.

La dernière guerre turco-russe devait en-
venimer toujours plus cette haine de l'Allemand qui couvait dans le cœur de Skobeleff. Cette guerre n'était pas populaire
dans le parti allemand à la tête duquel se
trouvait le général Totleben. L'opinion
publique était favorable à cette campagne,
il n'en fallait pas tant pour déplaire aux
Allemands qui aiment des armées auto-
matiques et non électrisées par un sentiment quelconque. Totleben s'opposait
pour cette raison, de tout son pouvoir à la
formation de corps de volontaires, lesquels
s'offraient en grand nombre et risquaient,
selon lui, de démoraliser l'armée par leur
esprit.

Il découvrit plus tard ce même esprit pernicieux chez Skobeleff, lorsqu'ils se rencontrèrent à Plewna. Totleben, avec son esprit d'Allemand méthodique, trouvait le général russe étourdi, turbulent, bon pour vaincre des Asiatiques, mais incapable de se mesurer avec des généraux européens. On trouve même dans le journal du général allemand ce portrait de Skobeleff tracé à cette époque.

« Skobeleff s'est montré un homme qui ne pense qu'à sa *gloire* et néglige tous les nobles sentiments humains ! »

Ces rivalités n'étaient pas propres à réconcilier le général russe avec les Allemands. Le traité de Berlin vint porter son animosité à son paroxysme, et dès lors il ne se gêna plus pour dire, à qui voulait l'entendre, que le premier devoir de la Russie était de se débarrasser des Allemands.

En 1882, se trouvant à Paris, il reçut une députation d'étudiants serbes, et il leur fit l'allocution suivante :

« Inutile de vous dire, mes amis, combien je suis émotionné, combien je suis profondément touché des manifestations chaleureuses auxquelles vous venez de vous livrer. Je vous jure que c'est avec un véritable bonheur que je me trouve entouré des jeunes représentants de cette nation serbe, qui a été la première à déployer l'étendard des libertés slaves dans l'Orient slave... Je dois vous parler franchement, je vais le faire.

« Il faut que je vous dise, que je vous confesse pourquoi la Russie n'est pas toujours à la hauteur de ses devoirs patriotiques en général et de son rôle slave en particulier. C'est parce que, au dedans aussi bien qu'au dehors, elle est aux prises avec l'influence étrangère.

« *Chez nous, nous ne sommes pas chez nous.*

« Oui, l'étranger y est partout. Sa main est dans tout. Nous sommes dupes de sa politique, victimes de ses intrigues, esclaves de sa force... Nous sommes tellement dominés et paralysés par ses influences innombrables et funestes que si nous nous en délivrons, comme je l'espère, un jour ou l'autre, nous ne pourrons le faire que le sabre à la main !

« Et si vous voulez que je vous dise comment s'appelle cet étranger, cet intrus, cet intrigant, cet ennemi si dangereux pour les Russes et pour les slaves, je vais le nommer.

« C'est l'auteur du « Drang nach osten » — vous le connaissez tous, — c'est l'Allemand !

« Je vous le répète, et je vous prie de ne

jamais l'oublier ; l'ennemi, c'est l'Allemand !

« La lutte est inévitable entre le Slave et le Teuton... Elle est très proche même...

« Elle sera longue, sanglante, terrible ; mais, pour ma part, j'ai la foi qu'elle finira par la victoire du Slave.

« Quant à vous, il est tout naturel que vous soyez désireux de savoir à quoi vous en tenir, car le sang coule déjà chez vous. Je n'en dirai pas davantage, mais je puis vous assurer que si l'on touche aux États reconnus par les traités européens, fût-ce la Serbie ou le Monténégro... Eh bien !... vous ne vous battrez pas seuls. Encore une fois, merci, et, si la destinée le veut, au revoir, sur le champ de bataille, côte à côte contre l'ennemi commun ! »

Quelque temps après, Skobeleff passant par Varsovie eut un entretien avec le

rédacteur d'un des journaux de cette ville
et lui dit entre autres :

« Les Allemands — voilà notre ennemi
commun, et nous devons le combattre
ensemble. Nous, Russes, nous avons
péché contre vous Polonais, mais qui est
sans péché... Oublions le passé... unis-
sons-nous pour la défense commune, car
sans cela de grands malheurs survien-
dront; les Allemands, je le répète, voilà
notre ennemi commun... Nos querelles
slaves sont des conflits passagers... Vous,
Polonais, vous avez une civilisation
plus avancée que la nôtre, et notre
alliance ne peut que vous être avanta-
geuse à beaucoup d'égards.

« D'ailleurs la Russie saura se défendre
elle-même. Nous disposons d'un nombre
d'hommes suffisant pour envahir et dé-
truire au moins une grande partie de
l'Allemagne... Les Allemands ont plus de

raisons de nous craindre que nous de les redouter ; nous pouvons faire plus de ravages chez eux qu'ils ne peuvent en commettre chez nous... Le soldat russe résiste mieux aux privations et aux fatigues que le soldat allemand ; il peut supporter une plus longue campagne... Le bourgeois et le paysan allemands doivent abandonner l'un son commerce, l'autre son champ, et, si la guerre dure au delà d'une année, tout est perdu pour eux... Le moujik, lui, n'a rien à perdre !... Enfin une guerre prolongée en Allemagne, ce serait la révolution dans ce pays, car les socialistes ne manqueraient pas d'élever la voix... »

Telle était l'active propagande anti-allemande que menait vigoureusement Skobeleff. Si l'on songe au prestige qui l'entourait dans l'armée russe, et que ses sentiments peuvent être considérés comme un écho de ceux de toute cette armée, on se sent le droit d'espérer que l'élément allemand est destiné à disparaître complètement de l'armée du tzar, pourvu qu'on ait soin d'en éliminer en même temps les Russes germanisés.

VII

L'HUMÉUR BELLIQUEUSE DES ALLEMANDS

Susceptibilités allemandes au sujet de la guerre. — « Rendons Bismarck. » — Une discussion en chemin de fer en Allemagne. — Impressions de Dostoïevski en Allemagne. — Les armes russes systématiquement dénigrées. — Départ de l'armée de Dresde en 1870. — Sa rentrée triomphale. — Insultes contre les Russes. — La comtesse K. — Conclusion de Dostoïevski.

Pendant toute la durée de leur longue histoire, les Allemands ne peuvent se vanter d'avoir remporté beaucoup de victoires. Ce n'est pourtant pas faute d'avoir guerroyé, car ils se sont mesurés avec tous leurs voisins, se battant tantôt pour leur propre compte, tantôt pour celui de leurs alliés, mais le plus souvent avec un égal insuccès.

Dépourvus de toute aspiration vers la liberté, ils se laissaient vendre à l'étranger par leurs nombreux princillons, comme un vil bétail, et n'étaient propres qu'à faire des soldats sans initiative qu'on menait avec la schlague.

Encore au milieu de ce siècle, un Allemand, qui était en même temps un homme de génie et un ardent patriote, Louis Boerne, frappé de l'apathie servile dans laquelle croupit le peuple en Allemagne, s'écriait douloureusement : « Vous, Allemands, vous ne savez être que des laquais. »

Il a fallu l'incapacité de l'armée autrichienne en 1866 et le déplorable état dans lequel se trouvait l'armée française à la fin du second empire, pour que l'armée allemande couronna ces deux campagnes par la victoire.

Ces triomphes inaccoutumés ont tourné la tête à toute la nation germanique, et depuis le chef de l'état-major jusqu'au dernier vendeur de bière, il n'est pas un Allemand qui ne se croie un héros. Le moindre pioupiou, qui, hier encore, ne se serait pas permis d'avoir d'autres idées que celles que son caporal a fait pénétrer dans sa cervelle à coups de *fuchtel* (coups de plat de sabre), se pose aujourd'hui en conquérant, fait le poing à l'univers entier et menace tous les peuples de la terre des foudres de son canon Krupp.

Les Russes ont été tout particulièrement froissés de l'attitude provocatrice de leur voisine.

Ils trouvaient son outrecuidance d'autant plus mortifiante, qu'ils se rendaient parfaitement compte que la défaite de la

France tenait bien moins à la supériorité des armes prussiennes, qu'à la politique néfaste d'Alexandre II qui avait laissé aux Allemands les coudées franches.

Mais malheur au Russe qui s'avisait de faire ces réserves devant un des fidèles sujets de l'empereur Guillaume ou d'émettre le doute, encore plus offensant pour l'amour-propre chatouilleux de l'Allemand, que l'échec des Français fût plutôt dû à la mauvaise organisation de l'armée impériale qu'à la bravoure de leurs ennemis.

L'Allemand exaspéré criait aussitôt :

— Ah ! vous osez mettre en doute notre bravoure, il vous en cuira bientôt, vous apprendrez à la connaître aux dépens de votre propre dos.....

Cette arrogance s'est manifestée dès la première victoire des Prussiens en 1870. Il survint déjà à cette époque à Saint-

Pétersbourg un incident grotesque dont le souvenir a passé en proverbe dans l'argot des artisans russes.

La capitale de la Russie compte des milliers et des milliers d'ouvriers allemands ; une dizaine d'entre eux se rencontrèrent dans une brasserie tenue par un compatriote, avec un nombre égal d'ouvriers du pays. Les Teutons célébraient bruyamment les mérites de leur Bismarck, et proposèrent un toast à l'honneur du chancelier de fer. Les Russes acceptèrent, et bientôt dix grandes cruches pleines de la boisson de Gambrinus se vidèrent dans le gosier des compagnons.

Après avoir bu copieusement à la plus grande gloire du ministre allemand, les ouvriers russes eurent la prétention bien légitime de faire boire les Allemands à la santé du chancelier russe. C'était mal connaître l'outrecuidance germanique ;

mettre Bismarck sur le même rang qu'un
autre ministre? Fi donc! c'eût été un crime
de lèse-chancelier, ces braves enfants de
la Prusse en étaient incapables. Ils con-
sentirent à vider des cruches en l'honneur
du tzar, mais égaler un ministre russe au
prince de Bismarck, jamais!...

L'ouvrier russe est ordinairement d'humeur assez pacifique, mais quand il se fâ-
che il n'entend pas plaisanterie. Cet affront s'ajoutant à de copieuses libations
lui fit monter la moutarde au nez :

— Quoi, cria-t-il, Saucisse allemande,
tu ne veux pas boire à la santé de notre
prince quand nous avons bu à celle de ton
prince ?

— *Nein, nein, nein... Der Bismarck ist
zu hoch für den Gortchakoff...* (Bismarck est trop au-dessus de Gortchat-
koff.)

— Vous ne voulez pas ?... Vous refusez

pour tout de bon ? insistèrent les Russes.

— *Nein, nein, nein...*

— Alors, frères, rendons Bismarck !

Et les dix Russes, portant en même temps le doigt au fond de leur bouche largement ouverte, se chatouillèrent le gosier et rendirent aux Allemands, avec ensemble, le toast de Bismarck...

Les Germains prirent mal cette sortie d'un nouveau genre, et les ouvriers en vinrent aux mains. Le propriétaire de la brasserie demanda la police et toute la compagnie fut conduite au poste. Comme à cette époque toute la haute police de Saint-Pétersbourg était composée d'Allemands, les compatriotes de Bismarck furent immédiatement relâchés, et les dix ouvriers russes purent méditer toute la nuit au violon sur les inconvénients qui peuvent résulter pour des slaves d'un toast porté à la santé du chancelier allemand.

Le lendemain, ils n'eurent rien de plus pressé que d'ébruiter l'événement et, à l'heure qu'il est, quand un ouvrier russe est incommodé à la suite de libations exagérées, il ne manque pas au dénouement de s'écrier :

— Rendons Bismarck aux Allemands !

Si les Prussiens se montrent insolents à l'étranger, ils sont chez eux d'une arrogance qui dépasse toutes les bornes.

En 1875, je fis la route de Munich à Augsbourg en compagnie de deux étudiants russes et de trois Allemands. La conversation devint générale et roula d'abord sur des lieux communs très pacifiques, mais les sujets de l'empereur Guillaume ne purent retenir quelques vanteries sur leurs récentes victoires. Un des étudiants russes riposta, en disant que sans la trahison de Bazaine les Prussiens seraient revenus bredouille...

8

— *Donnerwetter!* s'écria alors un des Allemands, *wie die Russen dumm sind!* (Tonnerre de Dieu ! que les Russes sont bêtes !)

Nous demandâmes à l'Allemand de rétracter ces paroles grossières, mais lui, se sentant soutenu par ses compatriotes, déclara qu'il ne retirerait cet insolent propos, que si les Russes protestaient de leur confiance dans la bravoure des Allemands.

La discussion dégénérait en dispute, et nous allions recourir aux arguments coercitifs, lorsque le train s'arrêta à Augsbourg où nos trois Bavarois descendirent, en jurant et en proférant des menaces pour nous signaler aux autres voyageurs.

Une aventure analogue est arrivée deux fois à Dostoïevski, lorsqu'il traversa l'Allemagne immédiatement après la guerre et une seconde fois en 1875.

« A peine notre train eut-il franchi la

frontière russe pour toucher le sol prussien, raconte l'auteur de *Crime et Châtiment*, que les six Allemands, qui se trouvaient dans le compartiment où j'étais, se
mirent à parler, et les mots de guerre et
de Russie revenaient sans cesse dans leur
conversation. Je fus très intrigué ; j'avais
beau savoir que la presse allemande s'occupe beaucoup de nous, je n'aurais jamais cru qu'une guerre avec la Russie
fût populaire dans la nation et qu'elle dé-
frayât les entretiens de la rue.

« Mes compagnons n'étaient pas des
gens huppés, il n'y avait ni un baron, ni
même un simple officier parmi eux. Aussi,
ils ne se lançaient pas dans les questions
de haute politique, mais discutaient tout
simplement nos forces militaires et la possibilité pour nous de soutenir une campagne contre eux. Tous rayonnaient d'aise
et prenaient des airs de triomphe avec un

flegme insolent, ils jubilaient en se flattant que jamais la Russie n'avait été si mal armée qu'en ce moment.

« L'un d'eux, qui revenait de Saint-Pétersbourg, un homme à la taille corpulente, à l'air grave, déclara, d'un ton qui ne permettait pas de mettre en doute sa compétence, que les Russes ne possédaient pas même 270,000 fusils valant quelque chose, que nos arsenaux étaient pleins de vieilles armes transformées, et qu'en somme nous comptions à peine un demi-million d'armes de toute espèce ; quant aux cartouches, selon lui, nous n'en avions que soixante millions de prêtes, ce qui faisait à peine soixante par soldat, si nous estimions notre armée à un million d'hommes. De plus, il assurait que ces cartouches ne valaient rien. Toutes ces déclarations étaient accompagnés de rires réjouis et bruyants.

« Mes compagons de route savaient fort
bien qu'ils se trouvaient en présence d'un
Russe, mais ils avaient dû conclure des
quelques mots que j'avais échangés avec
le conducteur, que je ne savais pas leur
langue. Ils se trompaient, si je parle très
mal l'allemand, je le comprends parfaitement.

« Après les avoir laissés déblatérer à
leur aise, je trouvai de mon devoir de leur
dire, sans me fâcher le moins du monde,
qu'ils étaient tous fort mal renseignés ;
que les chiffres qu'ils avançaient étaient
très exagérés en mal ; que depuis plusieurs années déjà notre armement se
trouvait dans un état satisfaisant, et qu'il
devait être encore meilleur actuellement, puisqu'on ne cessait de s'en occu-
per. J'ajoutai que ces messieurs pouvaient
être certains que sous ce rapport la Russie
ne le cède à aucune autre nation.

8.

« Mes compagnons de route m'écoutè-
rent attentivement, malgré ma prononciation détestable, et même chaque fois que
je faisais une pause, pour chercher un
mot, ils me le soufflèrent charitablement,
m'encourageant par des signes de tête
pour prouver qu'ils me comprenaient.

« Je dois rappeler ici qu'il faut qu'un
Allemand soit un homme vraiment ins-
truit, pour qu'il puisse comprendre un
étranger qui n'est pas maître de la langue
allemande ; les domestiques et les gens du
peuple ont la compréhension très dure ;
si l'interlocuteur a le malheur d'omettre
un seul mot dans la phrase ou d'employer
une expression qui n'est pas très répan-
due, l'Allemand inculte ne l'entendra point
du tout.

« J'ignore s'il en est de même de l'Ita-
lien et du Français, mais je sais qu'il n'en
est pas ainsi du Russe ; on raconte que

nos soldats, à Sébastopol, comprenaient les Français rien qu'à leurs gestes.

« Les Allemands avec lesquels je causais, n'eurent garde de me contredire ; ils se contentèrent de souligner mes paroles par des sourires qui n'avaient rien d'impertinent ; au contraire, ils semblaient m'approuver, tout en étant persuadés que je ne parlais ainsi que pour défendre l'honneur de la Russie, et qu'en ma qualité de Russe je ne pouvais faire moins.

« Je me rappelle aussi qu'en 1871 les Allemands ne se montraient pas si polis.

« J'habitais alors Dresde, et je me souviens de l'attitude des troupes de l'armée saxonne, lorsqu'elles firent leur entrée triomphale dans la ville, à leur retour de la guerre.

« Je n'avais pas encore oublié le jour où je les avais vues partir pour la guerre, lorsque tout à coup tous les murs de

Dresde s'étaient couverts d'affiches portant en grosses lettres : *Der Krieg est erklaert.* (La guerre est déclarée.)

« Malgré moi j'avais admiré ces soldats : quel courage peint sur leurs visages, quel éclat dans leurs regards pleins d'allégresse et sérieux en même temps !

« Ils étaient tous jeunes, et il était impossible de ne pas admirer leur bonne tenue militaire, leur pas rhythmé, régulier, égal, avec une liberté d'allure inusitée chez les Allemands ; tous les gestes de ces braves étaient empreints d'un courage réfléchi. Il n'y avait plus rien qui rappela le despotisme ou la schlague chez ces Allemands à qui, depuis Pierre-le-Grand, nous empruntons le bâton et le caporal !

« Oui, pour la première fois ces Allemands marchaient comme un seul homme, sans y être contraints par le bâton, avec un courage sans pareil et une pleine confiance dans la victoire.

« Cette guerre était populaire; dans chaque soldat on reconnaissait un citoyen, et j'avoue que mon cœur se serra en pensant aux Français, bien que je fusse encore persuadé qu'ils battraient les Allemands.

« On peut aisément se figurer l'air triomphant de ces mêmes soldats, lorsqu'ils revinrent une année plus tard, après plusieurs victoires remportées sur les Français, qui leur avaient fait subir tant d'humiliations pendant tout un siècle.

« Ajoutez à ce ressentiment la gloriole allemande, qui fait qu'un succès puéril gonfle cette nation d'un orgueil démesuré, et la rend insolente, et vous comprendrez combien l'attitude de ces troupes était provocante.

« On voyait qu'ils avaient si peu l'habitude de la victoire, qu'ils ne savaient quelle contenance faire.

« Ne sachant comment porter leur triomphe, ils ne trouvèrent rien de mieux que d'insulter les Russes.

« Plusieurs de mes compatriotes, qui se trouvaient également à Dresde à cette époque, me répétèrent que le dernier des épiciers ne se gênait point pour dire à ses clients Russes :

— Nous venons d'achever les Français, maintenant ce sera votre tour !

« Cette haine contre les Russes est née spontanément chez le peuple allemand, sans qu'il ait subi l'influence des journaux de son pays, qui ne manquaient pas de lui dire, que si l'Allemagne n'avait pas été secondée par la politique Russe, elle aurait sans doute recueilli beaucoup moins de lauriers.

« Une dame russe, la comtesse K...,
me raconta le fait suivant : elle assistait
dans une tribune, sur la place de Dresde,
à la rentrée triomphale de l'armée ; pendant que les troupes défilaient, des Allemands, assis derrière ma compatriote, ne
cessèrent d'injurier la Russie.

« — Alors je me tournai vers eux, dit-
elle, et, sans me gêner, je leur dis leur
fait dans leur propre langage populaire.

« Ils prirent peur et se turent. »

« Mais si les Allemands jugèrent à
propos de ne pas répliquer à la comtesse K..., ils ne se gênent pas pour
monter sur leurs ergots dès qu'ils
s'adressent à de simples particuliers.

« A Saint-Pétersbourg même, les Allemands, qui gagnent leur pain chez nous,
insultent sans cesse nos soldats et leur
cherchent querelle : tout cela sous prétexte de patriotisme.

« Sans doute il faut tenir compte de l'exaltation du peuple à qui des victoires inespérées ont tourné la tête, mais c'est un fait digne de remarque : l'Allemand, dans l'ivresse du triomphe, songe tout d'abord à battre les Russes.

« Cette antipathie, cette fureur contre notre peuple m'a fortement impressionné ; je savais pourtant fort bien que l'Allemand l'a manifestée toujours et partout, et qu'elle a déjà éclaté lorsqu'il s'est installé pour la première fois à Moscou, dans le quartier qui porte son nom.

VIII

LA MARÉE ALLEMANDE EN RUSSIE.

Caractères principaux de l'invasion allemande. — Désordres à Gitomir. — Les Allemands dans l'industrie et le commerce russes. — Les industriels de la Haute-Silésie. — Représailles réclamées par la *Kœnische Zeitung*. — Réponse du *Journal de Moscou*. — La loi contre les étrangers. — Les Allemands dans la science et les arts. — Réflexions de Tchédrine sur les savants de Berlin. — Les académiciens de Saint Pétersbourg.— L'éducation du tzarévitch.— Tourguéneff et les princesses allemandes. — Les oïficiers prussiens au Kremlin. — Réponse d'un espion prussien.

Sous cette dénomination pittoresque : *La marée allemande,* les Russes désignent l'invasion persistante des Prussiens, des Bavarois, des Wurtembergeois et d'autres sujets allemands, qui se por-

9

tent vers l'Est, envahissant les provinces
russes limitrophes de l'empire germanique, et poussant même au delà vers le
centre de la Russie et dans toutes les
directions. Ce n'est que dans ces derniers temps que l'opinion publique, en
Russie, a osé manifester son mécontentement; jusqu'ici elle avait été contenue
dans l'expression de son juste ressentiment par les gouverneurs de province et
les censeurs, Allemands pour la plupart,
qui n'auraient jamais souffert, de la part
de leurs subordonnés russes, un mot de
critique à l'adresse de l'Allemagne. Il a
fallu que la politique perfide du prince de
Bismarck fût blâmée par le tzar en personne, que les fonctionnaires tudesques
fussent remplacés par des Russes, pour
que la presse de Saint-Pétersbourg pût
donner libre cours à sa colère, et dénoncer le flot montant de la marée alle-

mande dans les termes les plus violents.

Voici de quelle manière la *Niedelia*, journal hebdomadaire de Saint-Pétersbourg, signale ce danger :

« D'après la *National Zeitung* elle-même, plus de 164,306 Allemands ont émigré en Russie dans l'intervalle de ces dernières sept années, et tous les ans le nombre de ces émigrés s'accroît démesurément. Le mouvement des Allemands vers l'Est s'accomplit d'après une méthode évidemment arrêtée qu'ils suivent tous, comme s'ils obéissaient à un mot d'ordre. »

« En arrivant de leur patrie, les Allemands font une halte dans les provinces de l'ancienne Pologne, où ils peuvent profiter de la désorganisation dans laquelle se trouvent les seigneurs polonais, pour leur acheter à vil prix leurs meilleures propriétés. Mais à peine sont-ils installés qu'un nouveau flot d'Allemands amène dans le même pays une nouvelle nuée de Prussiens. Les premiers venus leur cèdent immédiatement avec bénéfice les terrains achetés aux Polonais et roulent plus loin, d'ordinaire jusqu'au gouvernement de Wolhynie, où ils font une nouvelle halte avec les mêmes opérations d'achat et de vente. De la Wolhynie, les Allemands s'avancent vers le Don, dans le Caucase et poussent même jusqu'au Turkestan. »

« De cette manière, chaque année, une masse considérable de terrains russes devient la propriété des fidèles et loyaux sujets de l'empereur Guillaume. Mais, outre ces émigrés, des colons allemands qui habitent la Russie depuis un siècle, sans cesser d'être des Allemands, s'emparent de leur côté de terrains qu'ils achètent à droite et à gauche, à l'aide de

moyens permis ou illicites indifférem-
ment. Si cet état de choses continue encore
quelques années, il y aura des provinces
russes entières où il serait difficile de
trouver un seul propriétaire russe. »

« Pour le moujik, cette invasion allemande a des résultats déplorables. Les
paysans affranchis ont reçu malheureusement très peu de terrains en partage, et
tout ce qu'ils possèdent est transformé en
champs; quant aux prés et aux pacages,
les paysans russes sont obligés de les
louer. Les propriétaires russes ne leur
faisaient certes pas des conditions trop
douces, mais depuis que ces prés et ces
pâturages sont entre les mains des Allemands, il est impossible au moujik d'en
obtenir à aucun prix; car le but que les
Allemands poursuivent est de contraindre
les paysans à abandonner leur propre
territoire. Ils font même venir, pour cul-

tiver leurs champs, des ouvriers allemands et refusent de prendre des Russes
qui travailleraient à meilleur marché. »

« Aussi, en même temps que les Allemands émigrent en Russie, on voit les
moujiks, réduits à la misère, dépouillés
de toutes ressources, privés de tout moyen
de gagner leur vie chez eux, se retirer
plus loin dans l'Est au fond de la Sibérie,
pour chercher des terres qui puissent les
nourrir. »

Grâce à cet état de choses la haine
du Germain devient générale en Russie.
Autrefois le fonctionnaire allemand était
seul l'objet de cette aversion; à l'heure
qu'il est elle s'étend à tout ce qui porte un
nom tudesque. Déjà pendant les désordres
antisémitiques, les moujiks attaquaient
les Allemands aussi bien que les juifs; actuellement ils déclarent sans se gêner que
les Allemands doivent subir un sort plus

cruel que les juifs. Ce mouvement anti-
germain a déjà donné lieu à des troubles
très graves. Mes lecteurs n'ont sans doute
pas oublié la bataille qui a été livrée par les
moujiks aux Allemands, près de Saratoff,
il y a à peu près un an et demi.

Tout dernièrement l'invasion des Allemands en Russie a donné lieu à des
débats officiels dans le conseil d'État du
gouvernement d'Ekaterinoslav. Un con-
seiller de cet État, M. Martzinkévitch, a
proposé d'adresser au gouvernement une
pétition pour qu'il promulgue un ukase
défendant à tout Allemand d'acheter des
terrains en Russie; mais cette proposition
trop radicale ne trouva pas d'appui chez
les autres conseillers, et on a laissé aux
moujiks le soin de vider la question eux-
mêmes.

Il ne serait donc pas étonnant que le
mouvement antisémitique fût bientôt rem-

placé en Russie par un mouvement anti-
allemand, car jamais les juifs n'ont fait
autant de mal aux moujiks que cette marée germaine, qui les arrache à leur sol
et menace de les engloutir.

La *Niedelia* ne s'est pas trompée dans
ses prévisions ; peu de temps après la
publication de cet article, les moujiks du
district de Gitomir, dans le gouvernement
de Volhynie, firent courir le bruit que des
colons allemands de leur voisinage possédaient des dépôts d'armes et de poudre
et qu'ils se préparaient à une attaque
contre les paysans. Ces rumeurs prirent
tant de consistance, que la population
rurale crut nécessaire de s'entourer de
sentinelles chargées de surveiller les faits
et gestes des colons allemands et de jeter
l'alarme au premier signe de danger.

D'ailleurs la marée allemande ne se
contente pas de submerger le sol russe,

elle noie du même coup l'industrie et le commerce de ce pays.

Tout dernièrement la *Gazette de Silésie*, protestant contre le dernier ukase qui élevait les droits sur le fer, la fonte et l'acier d'importation étrangère, laissait maladroitement échapper l'aveu suivant :

« L'ukase a principalement en vue d'enrayer le développement des usines fondées par des étrangers, dans les provinces limitrophes de l'Allemagne, et qui emploient des matières premières venant de l'étranger et des ouvriers étrangers. *Or ces matières premières venaient exclusivement de l'Allemagne et les ouvriers étaient également des Allemands.* Déjà le tarif accepté par la Russie le 1er mai 1882 a décidé plusieurs fabricants allemands à ouvrir sur la frontière russe des succursales où ils ont transporté des capitaux allemands et l'industrie alle-

mande. Les propriétaires d'usines de la
Haute-Silésie ont tout particulièrement
bénéficié de ce tarif qui leur a permis
d'étendre leur industrie dans les villes
limitrophes de la Russie, tout en utili-
sant des matières brutes allemandes et
du combustible allemand. »

Cet aveu, qui tombe de la plume d'un
journaliste allemand, montre assez clairement à quel péril la marée germaine
expose l'industrie russe. Cependant d'autres journaux allemands ne se contentent
pas d'avouer sottement leur dessein de
s'emparer du commerce et de l'industrie
russes, mais ils se fâchent tout rouge
contre la Russie ; c'est ainsi que la *Kölnische Zeitung* implore le prince de Bismarck de répondre aux mesures prises
par le gouvernement russe, en élevant les
droits sur le seigle venant de Russie, à
titre de représailles.

Le *Journal de Moscou* répond assez vertement à la feuille allemande :

« La *Kölnische Zeitung* s'efforce de démontrer que ce n'est pas l'Allemagne qui vole la Russie, mais que c'est la Russie qui exploite l'Allemagne en l'encombrant de ses produits. Eh bien ! voici les chiffres que nous donne la statistique sur notre commerce avec l'extérieur : nous avons envoyé en Allemagne dans l'espace de vingt et un ans, de 1866 à 1886 des marchandises pour 2,542,858,867 roubles, tandis que l'Allemagne nous a expédié pendant le même laps de temps pour 3,686,733,741 roubles ; ainsi en vingt et un ans nous avons payé à l'Allemagne le tribut de 1,143,874 roubles... En un mot, tout l'or qui a été extrait des mines de la Russie pendant cette période est allé s'engouffrer dans les poches des Allemands.

« Et les Allemands osent encore se plaindre de ce qu'ils ne retirent pas un tribut suffisant de nous ? Ils s'avisent de nous menacer de ne plus laisser notre seigle pénétrer chez eux ! Bon, qu'ils essayent de l'empêcher d'entrer, seulement nous doutons fort qu'il soit avantageux pour eux de se passer de la Russie. Non, avec le bilan que nous venons d'exposer, la Russie n'a rien à redouter des représailles financières de l'Allemagne, et les publicistes allemands agiraient sagement en cessant de pousser leur pays dans cette voie. »

La preuve que la Russie ne craint pas ces représailles, c'est qu'elle vient de promulguer une nouvelle loi qui refuse aux étrangers le droit d'acheter des propriétés foncières dans tout l'ancien royaume de Pologne, la Bessarabie et les deux gouvernements de Courlande et de Livonie.

Il était interdit depuis longtemps déjà aux Polonais et aux Juifs d'acquérir des propriétés dans ces pays. La nouvelle loi n'a fait qu'étendre ces restrictions aux étrangers et elle vise tout particulièrement les Allemands.

Il y a plusieurs années, d'ailleurs, que le général Drenteln, gouverneur de Kieff, avait pris une mesure semblable. Frappé du nombre toujours croissant d'émigrés allemands qui devenaient propriétaires de terrains russes, et qui finissaient par former une sorte de promontoire prussien en pleine Russie, le général avait défendu qu'aucune parcelle de terre dans son gouvernement fût adjugée à un Allemand.

C'est à son instigation que le gouvernement russe vient de régler définitivement, par un ukase, la situation des étrangers dans les provinces limitrophes.

D'après cet édit impérial, les Alle-

mands perdent non seulement le droit
d'acquérir des propriétés en Russie,
mais même celui de gérer des terres appartenant à des Russes. Si une propriété
a été hypothéquée par un Allemand, celui-ci est contraint de faire vendre cette
propriété à l'enchère et de se contenter
de la somme qu'il peut retirer de cette
vente.

Les Allemands n'ont pas davantage
le droit d'hériter de propriétés foncières
dans ces provinces. Si un Allemand re-
çoit en legs une propriété foncière, il
est tenu de la vendre dans l'espace de
trois ans à un sujet russe ; s'il ne trouve
pas d'acquéreur, le gouverneur prendra
la propriété sous sa tutelle et se char-
gera de sa gestion, ainsi que de la vente.
Enfin, cette loi est en vigueur pour toutes
les propriétés achetées par les étrangers
avant sa promulgation, si les nouveaux

acquéreurs ne sont pas encore entrés en possession de leurs biens.

Il est évident que cette loi n'a pas été créée dans un but économique, mais uniquement pour servir de digue contre le *Drang nach Osten*, la marche vers l'Est, des Prussiens.

« Il est malheureusement fort douteux qu'elle atteigne son but, remarque la *Niedelia*. Il est à présumer que, pour devenir propriétaires, les Allemands ne se feront aucun scrupule de renoncer officiellement à leur *Vaterland* et de jurer fidélité au tsar. Il est permis aussi de se demander si, en cas de guerre avec leurs ex-compatriotes, ils se souviendront de leurs serments ! »

Ce doute est déjà résolu ; les journaux de Varsovie annoncent aujourd'hui que tous les propriétaires allemands qui ont résidé cinq ans dans le pays s'inscrivent comme sujets russes, et que la loi qui avait pour objet de débarrasser les provinces limitrophes russes d'un élément dangereux, sera très facilement éludée.

Mais la marée allemande ne s'étend pas uniquement sur le commerce et l'industrie russes, elle monte encore plus haut et menace d'engloutir les sciences et les arts en Russie.

Les Russes sont les premiers à reconnaître combien ils sont redevables aux nations qui les ont initiés au mouvement scientifique et artistique de l'Occident à une époque où ils sortaient à peine de leur lutte séculaire avec les Mongols. Mais ils se demandent avec raison, si l'heure n'est pas venue pour eux de s'émanciper de la tutelle de leurs anciens instituteurs et de s'élancer dans les voies nouvelles où les pousse leur propre génie.

Les Allemands ne partagent pas cette

manière de voir ; les tzars ayant le plus
souvent donné à la Russie des princesses
allemandes pour souveraines, leurs compatriotes sont toujours sûrs de trouver à
la cour de hautes protections ; ils sont
arrivés ainsi à s'emparer des meilleures
places dans les académies et les uni-
versités et n'ont aucun désir de céder
leurs chaires aux jeunes savants russes
de la nouvelle génération. Ils y sont et
jugent préférable d'y rester.

Si les Russes ne perdaient grâce à eux
que des positions brillantes, il n'y aurait
que demi-mal. Le malheur est que le
parti allemand, en s'assurant l'enseignement supérieur, s'efforce d'imprimer à la
pensée russe cette tendance à la servilité
qui caractérise l'esprit germanique aujourd'hui, et le porte à chercher dans la
science la justification de l'ordre de choses
établi et de la force brutale. Tchédrine,

dans ses *Impressions de voyage*, dénonce ce penchant de l'esprit universitaire en Allemagne :

« Je me trompe peut-être, mais il me semble que les professeurs de l'université de Berlin sont des savants appelés des coins de l'Allemagne précisément dans le même but : ils trouvent des théories pour idéaliser les faits accomplis et touchent modestement, pour ce service rendu à la patrie, de magnifiques émoluments. Mais ils n'exercent aucune influence sur la vie de la nation et ne préparent pas les hommes de l'avenir. »

En Russie, non seulement les professeurs allemands ne préparent pas les hommes de l'avenir, mais dès qu'ils remarquent dans un jeune homme quelque aspiration nouvelle, ils se hâtent de mettre l'éteignoir sur ces velléités dangereuses.

« Voici déjà deux siècles que notre académie a été fondée, s'écrie Hertzen, mais elle est restée ce qu'elle a toujours été, une barque chargée d'émigrés qui ne connaissent que l'amour de l'or, naviguant vers une Californie quelconque, sans se soucier du rivage ni de l'eau trouble qui les environne.

« Ah! s'il vient un jour où la Russie, s'arrêtant sous le faix de sa croix, après avoir essuyé de son front sa sueur de sang, se retourne vers ces académiciens et leur dit : « Oh! savants allemands, que voulez-vous de moi, je ne vous connais pas, et je suis une étrangère pour vous! la Russie aura bien parlé! »

« Les savants allemands ont-ils jamais protesté contre un abus, ont-ils jamais fait une tentative pour défendre la liberté de la parole, de l'enseignement, de la pensée, pendant toute la durée du règne despotique de Nicolas ? Qu'ont-ils fait pour le peuple ?... Montrez-moi un professeur allemand qui ait jamais souffert d'autre chose que d'hémorroïdes, nommez-m'en un seul qui ait prononcé une parole vivifiante, manifesté un sentiment humain ! »

On comprend aisément que dans un pays autocratique, rien n'est plus important que l'éducation donnée à l'héritier du trône, qui sera un jour maître de la destinée de millions d'hommes. L'histoire nous montre que tous les tzars qui ont eu pour gouverneurs des hommes de cœur, aux idées libérales, ont laissé, à côté des abus inséparables du pouvoir absolu, le souvenir d'actes bienfaisants. C'est ainsi qu'on peut reconnaître l'influence de Laharpe sur Alexandre Ier et du poète Joukovski sur Alexandre II.

C'est pourquoi toute la Russie libérale s'est demandé avec anxiété à qui serait

confié le soin d'élever le fils d'Alexandre II,
et lorsque l'impératrice Marie Alexan-
drowna a laissé égarer son choix sur von
Grimm, un précepteur allemand, Hertzen,
qui seul à cette époque avait le courage
de dire la vérité, écrivit à la tzarine une
lettre émue, dont j'extrais le passage suivant :

« ... Si votre fils était appelé à monter
sur un trône allemand, même alors je le
plaindrais d'être entre les mains d'un
précepteur de cette nationalité... Or, cet
élève de M. von Grimm est destiné à devenir un tzar russe... Qu'est-ce que son
précepteur allemand lui apprendra sur la
Russie ? Est-ce qu'il la comprend ? Est-
ce qu'elle l'intéresse ? Cet Allemand ne se
serait-il pas chargé d'aussi bon cœur de
l'éducation du fils du bey d'Algérie ,
pourvu qu'on lui offrît des émoluments
convenables ?... Le cœur de cet Alle-

mand vibre-t-il, lorsqu'il entend une chanson russe ? Ce cœur saigne-t-il à la vue des misères du pauvre moujik ? Les vers de Pouchkine lui disent-ils quelque chose et comprend-il les aspirations de notre peuple ? Qu'est-ce que cet *Allemand* enseignera donc à votre fils *russe* ? Peut-être ignorez-vous la haine hautaine des Allemands contre tout ce qui est russe, leur mépris pour nous, qu'ils ne réussissent même pas à dissimuler sous le masque de courtisan rampant qui rappelle les esclaves-rhéteurs du monde antique. »

La cour de Russie s'est-elle épurée depuis cette époque ? La marée allemande s'en est en partie retirée, mais la vase qu'elle y a déposée pendant tout un siècle est restée au fond. Les grands-ducs n'ont pas encore perdu l'habitude d'aller chercher leurs femmes parmi les filles des nombreux princes allemands, que l'uni-

fication de l'Allemagne n'a pas dépouillés
du privilège lucratif de fournir des épouses
aux empereurs de Russie. Le sang allemand — si au moins c'était celui qui coulait
dans les veines de Schiller — s'est infusé
en telle abondance dans la famille des
tzars, qu'il est impossible qu'il ne laisse
pas des traces indélébiles dans la tournure
d'esprit et la pensée des princes de la
maison des Romanoff.

On s'émeut déjà à Paris de l'influence
délétère que la bière allemande peut
exercer sur l'esprit gaulois ; le tempéra-
ment slave s'accorde encore moins des
greffes empruntées à la branche des Ho-
henzollern.

Il n'y a pas bien longtemps qu'une
grande duchesse russe disait à Tour-
gnéneff :

— Ah ! quel talent que le vôtre ! mais
comment pouvez-vous écrire de si belles

choses dans la langue des moujiks ?

Ce tableau des progrès de la marée allemande en Russie ne serait pas complet, si je ne parlais de la dernière vague qui s'est abattue sur le Kremlin sous la forme d'officiers prussiens, au casque légendaire.

« Les Allemands à Moscou! L'état-major prussien au Kremlin! Tels sont les cris que poussaient l'année dernière tous les journaux russes, conservateurs et libéraux, ceux des deux capitales aussi bien que ceux de la province. Le public, alarmé à juste titre par cette nouvelle aussi inquiétante qu'inattendue, ne cessait de se poser cette question : « Que nous veulent-ils ces officiers allemands? Dans quel but sont-ils venus en si grand nombre, environ trente personnes, s'installer à la porte de Moscou, sans prévenir personne, mais en s'efforçant, au contraire, de se dérober aux yeux des autorités et surtout de la population, qui les regarde de travers ? »

Le célèbre écrivain satirique Tchédrine raconte que, pendant un voyage en Allemagne, il lui arriva un jour de se trouver à une des innombrables tables d'hôte de Berlin en compagnie d'un grand nombre de ses compatriotes. On agitait en Prusse cette question : A quoi Berlin est-il bon ? Pendant que plusieurs d'entre les Russes soutenaient que Berlin était nécessaire en ce monde pour faire subir à l'humanité quelques saignées, M. Tchédrine passait un plat à son voisin allemand. Mais, ô miracle ! le Prussien lui répondit en russe :

— Je vous remercie.

— Comment, *mein Herr*, vous avez eu le courage d'apprendre le russe, lui demanda notre écrivain tout étonné.

10

Le jeune homme, sans se troubler le moins du monde, répondit d'un air modeste, toujours en russe :

— Je suis soldat, et on nous enseigne un peu de russe, *à toute éventualité*.

Les officiers prussiens qui ont été découverts dans les environs de Moscou n'étaient pas aussi francs que leur compatriote. Pressés par des correspondants de journaux qui sont allés exprès pour les *interviewer*, les officiers allemands ont déclaré qu'ils sont venus en Russie pour s'initier à la langue russe, *afin de pouvoir goûter cette littérature si riche et si belle dans l'original.* Ils se sont pris d'un tel engouement pour les romans de Tolstoï et de Dostoïevski, qu'ils ne peuvent plus se contenter des traductions allemandes, et il est nécessaire à leur bonheur qu'ils puissent les lire en russe ; c'est dans ce but innocent, dans ce but unique, qu'ils sont venus établir leurs quartiers dans le cœur même de la Russie ?

« Vive la persévérance allemande ! s'écrie un journal russe.

« On comprendra facilement que nous avons trouvé ces explications peu plausibles. Si ces messieurs ne tenaient qu'à approfondir la langue russe pour mieux goûter nos romanciers, ils pouvaient très bien se passer cette fantaisie sans quitter leur cher *Vaterland*. Depuis plusieurs années, l'étude du russe est *obligatoire* pour tous les officiers qui fréquentent l'Académie militaire de Berlin. Deux professeurs, un philologue distingué, M. Roenner, et un ancien seigneur russe, le comte Tchiok, sont attachés à cette école pour cet enseignement spécial. Alors on se demande pourquoi ces Prussiens, qui sont tous des officiers de l'état-major, poussent leur zèle jusqu'à venir chercher un professeur russe à Moscou. Pourquoi tiennent-ils, par-dessus tout, à acquérir une prononciation si excellente, qu'il soit difficile de reconnaître en eux des Allemands ? »

« Est-ce que, pour goûter la littérature il est nécessaire de parler cette langue dans toute sa pureté ? N'est-il pas évident que les officiers prussiens étudient le russe en vue de pouvoir, en cas de guerre, pénétrer en Russie sans guide ? »

L'opinion publique était si justement alarmée par ces procédés, que tous les journaux sans exception demandèrent au gouvernement d'intervenir promptement et d'interdire à tout officier prussien de séjourner en Russie.

« Si l'Allemagne, s'écrie le *Novoie Vremia,* n'a pas hésité, pour des raisons d'État, à expulser de son territoire des milliers de Russes, sans faire grâce aux vieillards ni aux femmes enceintes, de quel droit pourra-t-elle prétendre que nous souffrions chez nous ses officiers ? »

Mais la marée allemande qui est favorisée par tous les Allemands-Russes et tous les Russes-Allemands, c'est-à-dire par des légions d'hommes, ne se laisse point intimider par ces menaces et continue paisiblement à inonder de plus en plus le territoire russe.

Peu de temps après l'apparition des casques prussiens à Moscou, on en vit poindre d'autres à Nijni-Novgorod.

Un officier prussien, interrogé par un des habitants de cette ville sur le but de sa visite, répondit d'un ton courroucé.

— Je ne comprends pas ce qui vous effarouche. Je viens de passer deux ans en France : à Paris, à Nancy, à Belfort et

10.

personne ne m'a jamais inquiété.... Mais vous, Russes, vous vous gendarmez dès que nous mettons le pied sur votre sol!... »

IX

CE QUI EST BON POUR L'ALLEMAND EST LA MORT DU MOUJIK

Origine de ce dicton. — Les privilèges du colon allemand. — Deux millions d'hectares de terres russes aux
Allemands. — Le moujik au service de l'Allemand. —
La terre épuisée par les colons allemands. — Émi-
gration forcée du moujik. — Les directeurs des
usines. — Les apprentis russes chez les Allemands.
— Qui aime les Allemands.

Le chapitre de LA FRANCE JUGÉE PAR LA
RUSSIE, qui a été consacré aux proverbes
du moujik, rend compte des impressions
opposées qu'ont produites sur lui les
Français et les Allemands. Le lecteur a
retenu sans doute cet étrange dicton :
« *Ce qui est bon pour le moujik est la
mort de l'Allemand.* » Comme il **arrive**

souvent dans ces sentences que prononce
la sagesse du peuple, le moujik a relevé
l'autre face non moins vraie de la même
situation et s'est écrié : « *Ce qui est bon
pour l'Allemand est la mort du moujik.* »
La partialité dont le gouvernement russe
a fait preuve en faveur du colon allemand
a donné naissance à ce dicton.

Pendant que le paysan russe réduit au
servage restait attaché à la personne de
son seigneur, qui pouvait disposer de lui
comme de son bétail, le gouvernement
russe faisait venir des Allemands de leur
pays, leur payait les frais de voyage et à
leur arrivée les comblait de terres à pro-
fusion choisies parmi les plus fertiles ; en
outre, il leur fournissait les outils, le bétail et, non content de ces faveurs, ne manquait pas, s'il survenait une épizootie ou
une mauvaise récolte, de leur venir en
aide. En un mot, les colons allemands

étaient les enfants gâtés du gouvernement russe.

Pendant ce temps, le paysan moscovite vivait dans de misérables villages composés de huttes entre lesquelles de maigres troupeaux privés de fourrage cherchaient quelques touffes d'herbe à brouter. Il voyait à côté les fermes florissantes des colons, les vigoureuses vaches allemandes aux pis gonflés de lait, et il se disait que si ses vaches à lui étaient si maigres et son isba si pauvre, c'est que c'était à lui de payer la prospérité du laboureur étranger, que les sommes énormes que coûtaient au gouvernement la colonisation allemande étaient couvertes à l'aide des redevances qu'il donnait au fisc, et qui absorbaient tout le fruit de ses labeurs. Voilà pourquoi le paysan russe a pu s'écrier : « *Ce qui est bon pour l'Allemand est la mort du moujik.* »

Pour se rendre compte de l'immense superficie de terrains adjugée aux Allemands, il suffit de savoir que, d'après une statistique officielle faite en 1874, ils ne possédaient pas moins de 2,107,730 dessiatines (la dessiatine = 1,902 hectares).

L'émancipation des serfs n'a pas sensiblement modifié la situation du moujik par rapport au colon allemand. Le paysan russe a reçu deux dessiatines de terre par tête, souvent d'un terrain de qualité très inférieure, et il n'a pas tardé à se trouver à court. De nouveau, il a jeté un coup d'œil d'envie sur les riches propriétés qui se trouvent entre les mains d'hommes qui ne parlent pas sa langue et qui ont un caractère et des tendances tout opposés à ceux de sa nation. Cette haine s'accentue chaque fois qu'il voit ces accapareurs de la terre incapables de cultiver seuls leurs biens, recourir à ses bras, et l'exploiter de tout leur pouvoir.

Aussi, bien que le moujik nourrisse au fond de son cœur l'espoir qu'un jour ces terres viendront à lui, il ne peut en attendant assister avec indifférence au spectacle de ces étrangers qui épuisent le sol qui leur a donné l'hospitalité.

Voici ce qu'écrivait l'année dernière le correspondant du *Journal russe de Moscou* sur les colons allemands dans le gouvernement de la Tauride :

« L'Allemand ne se soucie pas de la qualité du blé qu'il produit, mais uniquement de la quantité. Comme il possède de cent à deux cents dessiatines, il les ensemence chaque année, en se contentant de varier l'espèce de blé ; l'engrais étant chose inconnue chez nous et la couche de terre noire très mince, la terre est bien vite épuisée et ne donne plus que des mauvaises herbes.

— Que ferez-vous quand votre terre ne rendra plus rien ? ai-je demandé à un Ménonite, propriétaire de mille dessiatines, dont il cultive un tiers, en laissant le reste en prairies.

— Quand la terre ne rendra plus rien, nous changerons de place, répondit tranquillement le colon germain.

C'est ce que les Allemands ont fait à Sébastopol et à Malotchinsk, où autrefois un grain en rendait trente, tandis qu'actuellement on ne parvient pas à faire lever les semences. »

Avec cet état de choses, des milliers de moujiks se voient contraints d'émigrer en Asie pour trouver des terres qui puissent les nourrir. Peut-on leur en vouloir de ne point remonter à la cause profonde et lointaine, pour s'en prendre avec fureur à l'étranger qui s'est emparé de la terre russe.

D'ailleurs, ce n'est pas seulement dans l'agriculture que le moujik sent la griffe de l'Allemand. De même qu'autrefois les boyards ne voulaient que des intendants tudesques, pour arracher au moujik de plus fortes redevances, de même aujourd'hui les grands industriels russes pensent qu'une usine ne peut marcher que si un compatriote de Bismarck est là pour faire travailler l'ouvrier moscovite. A défaut d'un Allemand, ils prendront volontiers un Anglais, il paraît que les autres nations ont le cœur trop tendre et risqueraient de se laisser attendrir par ces souffrances du moujik.

Hertzen a laissé dans ses *Souvenirs* des exemples de la froide cruauté dont l'Allemand est capable, quand on lui confie la mission délicate de civiliser l'enfant du peuple russe.

« Mon père, raconte-t-il, mettait volontiers les fils de ses moujiks en apprentissage chez des Allemands. Tous ces patrons étaient des monstres impitoyables, systématiquement cruels, sans jamais se départir de leur flegme, ce qui rendait leur tyrannie encore plus insupportable...

« Je me rappelle parfaitement un fabricant de brosses dans la ruelle Leontiev, c'était un Allemand blond fade qui avait les dents gâtées ; il était âgé de trente-cinq ans, s'habillait toujours très proprement, et hors de chez lui se comportait d'une manière fort convenable. Mais dans son atelier il avait toujours devant lui une courroie, et comme un planteur américain, il ne cessait de fouetter tantôt celui-ci, tantôt celui-là ; malheur à qui se regimbait, il était rossé à double.

« Je ne crois pas que cet homme fût féroce de sa nature ; il continuait avec conviction l'œuvre de Pierre le Grand,

en faisant pénétrer la civilisation européenne dans la tête du moujik à coups
de knout — *Est ist ein vieh* — *mann
muss der Bertie der Russen heraus-
schagen.* Ce qui signifie en français : le
Russe est une brute, et il n'y a que le
fouet pour mâter cette bête turbulente. Et
comme il le pensait en toute sincérité, il
la battait, la conscience tranquille. »

Ce serait une erreur de croire que les
haines entre nations sont inhérentes à la
nature humaine. Elles sont provoquées
par des causes secondaires; ainsi, toute
l'histoire du peuple russe est propre à
développer en lui la haine de l'Allemand.
La retrouve-t-on à un moindre degré dans
les classes cultivées?

Hertzen raconte à ce propos qu'étant
à Londres, en 1855, dans une réunion
de savants allemands, l'un d'eux demanda
d'un ton indigné :

— Pourquoi les Polonais ne nous ai-
ment-ils pas?

Il se trouva un journaliste allemand,
un homme d'esprit qui avait longtemps
séjourné à Londres, qui répondit.

— Ah! la haine que les Polonais nous
ont vouée n'est pas difficile à comprendre; nommez-moi plutôt la nation qui nous
aime? ou si vous préférez, expliquez-moi
pourquoi toutes les nations nous haïssent.

— Comment, toutes les nations? s'écria
le professeur, très étonné.

— En tout cas tous ceux dont le pays
touche nos frontières : les Italiens, les
Danois, les Suédois, les Russes, les
Polonais...

— Permettez, Herr Doctor, il y a pourtant des exceptions, objecta le professeur,
inquiet et troublé.

— Sans doute, et encore quelles exceptions? la France et l'Angleterre.

Le visage du professeur commença à s'épanouir.

— Et savez-vous pourquoi? continua le journaliste : la France, parce qu'elle ne nous craint pas, et l'Angleterre, parce qu'elle nous méprise.

Depuis la France a eu quelques raisons de redouter l'Allemagne, qu'en est-il résulté?

X

L'ALLEMAND ET L'ALLEMANDE
DANS LE ROMAN RUSSE.

Absence de types français dans le roman russe. — L'In-
tendant allemand par Tchédrine. — Les artisans
Schiller et Hoffmann dans la nouvelle de Gogol. —
Esprit systématique de l'Allemand. — L'ivresse de
l'Allemand et de l'Anglais. — La jalousie allemande.
— La belle Mme Schiller. — Brutalité allemande. —
L'Allemand ivre par Tourguéneff. — Herr Kluber,
le type du commis allemand. — Un dîner allemand.
— Encore des Allemands ivres. — Les musiciens
allemands. — L'Allemand russifié dans l'*Oblonoff*.

Les romanciers russes n'ont jamais
tenté de reproduire le type du Français,
à part peut-être quelques esquisses historiques de Tourguéneff, comme *Monsieur François* ou *les Nôtres* m'ont

envoyé, et les épisodes de la campagne de Russie qui se rapportent à Napoléon, dans le roman de LA GUERRE ET LA PAIX, de Tolstoï. L'Allemand et l'Allemande, au contraire, occupent une place considérable dans la littérature russe. La cause de cette préférence tient probablement à ce que les auteurs russes avaient moins de facilités pour étudier à fond le caractère français ; pour cela, il leur aurait fallu vivre en France et pénétrer dans la société française, tandis que pour étudier le caractère tudesque ils n'avaient pas besoin de se déranger. L'Allemand est en permanence en Russie ; il y fleurit sous ses types les plus divers, depuis celui du haut dignitaire, jusqu'à celui du plus humble artisan.

Il y eut même une époque où les intendants des grandes propriétés russes étaient choisis presque exclusivement

parmi les Allemands. Ils étaient le plus
souvent les véritables maîtres des serfs,
que le seigneur livrait à leur domination
sans contrôle, n'exigeant d'eux que de
l'exactitude dans le payement des redevances. Il régnait parmi les boyards la
conviction que le gérant allemand était
le seul qui sût mener les serfs de la
bonne manière.

M. Tchédrine nous a donné le type de
l'intendant allemand dans sa nouvelle
intitulée : « *Bouërakine.* »

L'auteur se trouve en visite chez un
propriétaire du nom de Bouérakine, lorsqu'un valet annonce l'arrivée du *starosta*
(le bailli du village) Abram Séménitch :

— Ah! bonjour, Abram Séménitch,
dit le propriétaire, il y a longtemps qu'on
ne t'a pas vu... Eh bien! comment ça
va?..

— Que voulez-vous que je vous dise,

petit père, la vie est devenue très dure...

— Pourquoi donc ?

— C'est que l'Allemand est devenu féroce ; il nous donne à tous les verges... « Pourquoi as-tu un derrière, si ce n'est pour qu'on te fouette, » nous dit-il... Ayez pitié de nous, seigneur...

— C'est étrange...

— Je lui ai dit que vous ne nous aviez jamais touché du bout du doigt, et toi, saucisse allemande, tu oses martyriser des corps de chrétiens ?... Alors il est entré dans une telle fureur qu'il m'a traîné par la barbe devant tout le village, en criant : je vous fesserai tous, tous ; je me moque bien de votre seigneur, il ne comprend rien, il est un grand enfant !...

— Il n'était pas ivre, Abram Sémé-nitch ?...

— Toute son ivresse consiste en ce qu'il ne peut retenir ses mains, qui lui déman-

11.

gent toujours... Je vous assure que la vie n'est plus possible...

— C'est bien, Abram Séménitch; je te suis obligé de m'avoir dit toute la vérité... Fais appeler l'intendant, et toi, attends dans l'antichambre.

Quelques instants plus tard le petit valet de chambre annonça l'arrivée de Théodore Karlovitch.

C'était un petit homme très chauve, à l'air très naïf. Il parlait assez correctement le russe, mais ne pouvait prononcer la lettre l...

— Ah! Théodore Karlovitch, lui dit Bouérakine. Eh bien! comment allez-vous, *mein Herr?*... Et votre Amalie Ivanovna, comment va sa santé.

Gût, sehr gût.

— Je suis bien aise qu'elle soit *gût;* si sa santé eût été *nicht gût,* ç'eût été mauvais, n'est-ce pas, Théodore Karlovitch.

Bouérakine n'avait évidemment pas le courage d'aborder la question. Je pris mon chapeau pour les laisser causer librement, mais le propriétaire me retint.

— Je vous en prie, me dit-il précipitamment, ne m'abandonnez pas dans ce moment critique.

Je restai. Il reprit :

— Eh bien ! Théodore Karlovitch... est-ce que vous prenez du café ?... hein ?

— Toute chose en son temps, répondit l'intendant.

— Oui, oui, c'est vrai... Les Allemands sont méthodiques... il leur faut de l'ordre en toutes choses...

— Vous m'avez fait demander, interrompit Théodore Karlovitch.

— Oui... vous savez... le *starosta*, Semen Abramovitch...

En ce moment le moujik, qui s'ennuyait

tout seul dans l'antichambre, entra dans le salon.

J'ai déjà donné mes ordres, dit l'Allemand.

— Voyons un peu... quels sont ces ordres ?

— Il a besoin des verges, dit flegmatiquement l'intendant, et on lui donnera les verges.

Théodore Karlovitch restait impassible ; pas un muscle de son visage ne remua, il répéta du même ton :

— Il a mérité la verge, et il la recevra.

— Et si je vous prie de me quitter ? demanda tout à coup Bouérakine.

— Oh ! je m'en irai, mais il n'en recevra pas moins les verges ; il les a méritées, et il les recevra.

— Mais si je vous prie de me quitter sur-le-champ... vous comprenez... Si je vous invite à quitter ma maison et mes terres... vous m'entendez...

L'Allemand leva sur le seigneur un regard plein d'étonnement, puis une seconde après reprit d'un ton assuré :

— Cela n'est pas possible ! puis se tournant vers le moujik :

— Abram, en avant, marche !...

Abram Sémenitch fit la grimace, mais il obéit. Théodore Karlovitch le suivit à pas lents, tandis que Bouérakine resta un long moment stupéfait et les bras ballants.

— Eh bien ! que me conseillez-vous de faire ? me demanda-t-il, revenant enfin de sa surprise. »

Faut-il s'étonner de voir que le souvenir de ces intendants est resté gravé dans la mémoire du peuple russe ? N'est-ce pas à leur école que le moujik a appris que l'Allemand est capable de se montrer féroce de sang-froid ?

Les artisans allemands, qui sont très nombreux dans toutes les villes de la Russie, ont souvent attiré l'attention des romanciers russes ; Tourguéneff, Gogol, Dall et bien d'autres ont fixé ce type dans de piquantes esquisses. J'emprunte à Gogol le récit de l'aventure du lieutenant Pirogoff :

« Ce jeune officier flânait sur la Perspective Newski, lorsqu'il aperçut une jolie petite blonde ; il s'élança sur ses pas et la suivit jusque chez elle : il se trouva dans une boutique. Là un tas de vis, d'outils de ferblantier, de cafetières, de chandeliers brillants gisaient pêle-mêle sur la table ; le plancher était recouvert de limailles de fer et de cuivre. Pirogoff comprit aussitôt qu'il se trouvait dans un atelier. La petite blonde courut à une porte de côté.

Pirogoff hésita une seconde ; puis, comme les Russes n'ont pas l'habitude de reculer, il suivit l'inconnue.

« Il pénétra dans une chambre très proprement meublée et qui révélait la présence d'une Allemande. Il fut frappé en entrant par une scène extraordinaire.

« Devant lui était assis Schiller, non pas le poète de *Guillaume-Tell*, mais Schiller, un ferblantier bien connu dans la rue des Bourgeois. Auprès de Schiller se tenait Hoffmann, non pas l'auteur des *Contes fantastiques*, mais un assez bon cordonnier de la rue des Officiers et un ami intime de Schiller.

« Ce dernier était tout à fait ivre ; assis sur une chaise, il tapait du pied et parlait avec véhémence.

« Mais ce qui surprit le plus Pirogoff, ce fut la posture singulière de ce personnage : Schiller tenait la tête renversée, de façon à présenter son gros nez à Hoffmann, qui tenait ce nez entre ses deux doigts, en faisant tourner tout autour son couteau de cordonnier.

« — Je ne veux pas ce nez, je n'ai pas besoin d'avoir un nez, répétait Schiller en balançant les mains. Je dépense pour ce nez à lui seul trois livres de tabac par mois... et je porte mon argent dans une misérable boutique russe, car la boutique allemande ne vend pas de tabac russe... je paye au misérable boutiquier russe quarante copecks chaque livre de tabac, cela me fait un rouble vingt copecks, cela me fait... quatorze roubles quarante copecks... Tu entends, mon ami Hoffmann, quatorze roubles quarante copecks, rien que pour les fantaisies du nez ! Les jours de fête je prise du râpé, car je ne veux pas priser le dimanche le grossier tabac russe... Je prise en une année deux livres de tabac

râpé à deux roubles la livre... six roubles
et quatorze, vingt roubles quarante copecks rien que pour du tabac... C'est du
gaspillage, mon ami Hoffmann, n'est-ce
pas?

« Hoffmann, qui n'était pas moins ivre
que son compagnon, répondit affirmative-
ment.

« — Vingt roubles quarante copecks,
continuait Schiller en se lamentant... Moi,
Allemand de la Souabe, j'ai un roi en
Allemagne... Je ne veux plus de nez...
Coupe-moi ce nez ! Le voilà, mon nez !

« Schiller, tenant toujours le nez entre
les deux doigts, se disposait à le trancher
comme du cuir pour une semelle, quand
fort heureusement il aperçut Pirogoff, et
son attention fut détournée de cette délicate opération...

« Le lieutenant Pirogoff réussit à s'in-
troduire dans la maison de l'Allemand en

lui donnant du travail, et surtout en l'assurant que son ouvrage est incomparable.
Schiller est enchanté de ce nouvel hôte.

« Seulement l'officier russe ayant un
jour insolemment appliqué un baiser sur
les lèvres de la belle blonde, cet acte jette
Schiller dans de profondes réflexions.

« Schiller était un véritable Allemand
dans toute l'acception du terme. Dès sa
vingtième année, à cet âge où tous les
Russes vivent encore au petit bonheur,
Schiller avait réglé sa vie et ne se permettait aucune infraction. Il avait décidé
qu'il se lèverait à sept heures, qu'il dîne-
rait à deux heures et serait méthodique en
toutes choses. Ainsi il s'accorderait le
plaisir d'être ivre tous les dimanches. Il
s'était donné pour but de réaliser en dix
ans un capital de cinquante mille roubles,
et il les aurait, c'était sûr et inévitable
comme le destin. Sous aucun prétexte il

n'augmenterait ses dépenses, et quand les pommes de terre renchérissaient, Schiller ne dépensait pas un copeck de plus pour sa nourriture, mais diminuait sa portion, au risque d'endurer quelques tiraillements d'estomac.

« Il poussait l'amour de la méthode jusqu'à décider qu'il n'embrasserait sa femme que deux fois par jour, et pour ne pas être tenté d'ajouter un baiser surnuméraire, il ne mettait jamais plus d'une pincée de poivre dans sa soupe. Le dimanche, cependant, il n'observait pas aussi rigoureusement cette règle. Ce jour-là, Schiller vidait deux bouteilles de bière et une bouteille d'eau-de-vie au cumin, qu'il ne manquait pas d'ailleurs de maudire quand il n'en restait plus !

« Schiller ne buvait pas à la manière de l'Anglais, qui aussitôt le diner fini s'enferme pour se soûler à son aise ; au contraire, notre Allemand buvait toujours avec solennité, en compagnie de ses amis, le cordonnier Hoffmann ou le menuisier Kuntz, qui avait également le mérite d'être un grand pochard !

« Tel était le caractère du noble Schiller qui fut placé dans une situation pénible par l'officier russe. Bien qu'il appartînt, en sa qualité d'Allemand, aux tempéraments flegmatiques, les faits et gestes de Pirogoff éveillèrent en lui un sentiment voisin de la jalousie.

« En attendant, Pirogoff allait de l'avant. Un jour, comme il passait devant la maison où se balançait l'enseigne de Schiller avec ses cafetières et ses samovars, il aperçut la tête blonde penchée à la fenêtre pour regarder les passants. Il fit halte, et lançant un baiser à la jeune femme, lui dit :

« — *Gut morgen !* (bonjour). Elle le

salua comme quelqu'un qui n'était pas un étranger pour elle.

« — Votre mari est-il à la maison ?

« — Oui, il y est.

« — Et quand est-ce qu'il n'y est pas ?

« — Le dimanche il n'est pas à la maison, répondit la simple blondinette.

« — Ça me va, pensa Pirogoff, et le dimanche suivant il vint chez la belle Allemande. En effet, Schiller était absent. La gracieuse maîtresse du logis s'effaroucha d'abord, mais le jeune lieutenant badinait poliment et le plus gentiment du monde ; l'innocente Allemande ne répondait à tout ce bavardage que par des réponses monosyllabiques.

Après avoir abordé toute sorte de sujets sans réussir à captiver l'attention de son interlocutrice, Pirogoff l'invita à danser. L'Allemande accepta cette proposition sans se faire prier, car les Allemandes sont toujours prêtes à valser.

« Pirogoff fondait de grandes espérances sur la danse : d'abord il voyait que la belle blonde y prenait plaisir, puis c'était une très bonne occasion pour lui de faire valoir son agilité, sa jolie tournure, enfin il aurait certainement la facilité de l'embrasser en dansant et de poser un premier jalon... Il commença par une gavotte, sachant qu'il faut aux Allemandes de la gradation en toutes choses...

« La belle blonde se plaça au milieu de la chambre et avança un pied ravissant, Pirogoff en fut à tel point enchanté qu'il se jeta dessus et le baisa. L'Allemande se mit à crier, ce qui ne fit qu'augmenter ses charmes aux yeux de Pirogoff. Il la couvrit de baisers.

« Au même instant la porte s'ouvrit et Schiller, suivi d'Hoffmann et du menui-

sier Kuntz, fit son entrée. Tous ces artisans
étaient plus ivres l'un que l'autre.

— Insolent! cria Schiller dans un accès
d'indignation violente. Comment oses-tu
te permettre d'embrasser ma femme ? Tu
es une canaille et non un officier russe.
Moi, mon ami Hoffmann, je suis un Allemand, et non pas un cochon russe... Oh !
je ne veux pas porter des cornes. Mon
ami Hoffmann, saisis-le au collet, désha-
billons-le... Voici déjà huit ans que je vis
à Saint-Pétersbourg, j'ai encore ma mère
en Souabe, mon oncle à Nuremberg, je
suis un Allemand ! Je ne suis pas une bête
à cornes... Prends-le par les pieds et les
mains, mon camarade Kuntz? »

« Et les trois Allemands saisirent Pirogoff par les mains et les pieds. Il chercha
en vain à s'échapper ; ces trois artisans
étaient les plus robustes gaillards de tous
les Allemands de Saint-Pétersbourg...

J'avoue que ma plume répugne à suivre plus longtemps la mésaventure de Piro-goff et à décrire le châtiment grossier et humiliant que ces trois ivrognes infli-gèrent au pimpant lieutenant.

« Seulement, le lendemain Schiller devait avoir la fièvre, puisqu'il tremblait de tous ses membres ; il s'attendait sans cesse à voir paraître la police, et il aurait donné tout au monde pour que cette aventure n'eût été qu'un mauvais rêve. »

Il est curieux que la grossièreté de l'Al-lemand ivre ait frappé également Tour-guéneff, qui l'a décrite dans une des pages les plus divertissantes de son ro-man « *A la veille* ».

Ici nous n'avons plus affaire à des arti-sans, mais à des fonctionnaires et à des pharmaciens allemands, qui vont le diman-che dans les environs de Moscou pour faire la noce. Ils se rencontrent avec une société de dames et de messieurs russes de bonne compagnie, et l'un d'eux sans se gêner s'approche d'une des dames et lui demande de lui accorder *einen kuss* (un baiser).

« — Allez-vous-en, et vite, lui dit Insaroff d'une voix basse mais décidée.

L'Allemand poussa un éclat de rire épais.

— M'en aller ? J'aime ça !... Est-ce que je n'ai pas aussi bien que vous le droit de faire « *eine promenade* » ... Pourquoi m'en irais-je ?

— Parce que vous vous êtes permis d'être insolent envers une dame, répondit Insaroff, qui devint tout pâle : — parce que vous êtes ivre ?

— Comment ? Je suis *ifre ? Hœren sie das, herr provisor ?* (Avez-vous entendu, monsieur le proviseur ?) ... Je suis un officier, et il ose... Maintenant je réclame

12

une satisfaction. *Einen kuss will ich* (je veux un baiser).

« — Si vous faites encore un pas ?...

« — Eh bien ! alors, quoi ?

« — Je vous jette à l'eau...

« — A l'eau ? *Herr Je* ? (Jésus-Christ) c'est ce que nous allons voir... »

L'Allemand s'avance, et en un clin d'œil Insaroff l'a soulevé comme un brin d'herbe et lui à fait prendre un bain imprévu dans le lac.

Tourguéneff, ayant longtemps habité l'Allemagne, a plusieurs fois introduit dans ses romans des personnages assez déplaisants comme type de cette nation. Rien de mieux observé que le caractère du commis Klüber, dans *Les Eaux Printanières*.

« Tout porte à supposer qu'à cette époque dans aucun magasin de Francfort il ne se trouvait un premier commis aussi

joli, aussi bien élevé, aussi imposant, aussi
aimable que M. Klüber. La correction de
sa mise n'était égalée que par la dignité
de son maintien et l'élégance de ses ma-
nières, élégance un peu raide, disons le
mot, à la mode anglaise (il avait passé
deux ans en Angleterre), mais néanmoins
exquise. Dès le premier coup d'œil, on
voyait clairement que ce beau jeune
homme, tant soit peu sévère, comme il
faut et parfaitement léché, avait l'habitude d'obéir à ses supérieurs et de mener
à la baguette ses inférieurs, et que derrière le comptoir de son magasin il devait
inévitablement inspirer du respect aux
acheteurs mêmes ! On ne pouvait concevoir le moindre doute sur son honnêteté,
il suffisait de jeter un coup d'œil sur le
col empesé qui soutenait son menton ! Sa
voix était telle qu'on pouvait la souhaiter,
pleine et grave comme celle d'un homme

qui a confiance en soi, pas trop forte cependant et empreinte d'une certaine douceur de timbre. C'était une voix faite exprès pour donner des ordres aux commis inférieurs : « Faites voir cette pièce de velours de Lyon ponceau, » ou bien : « Donnez une chaise à madame. »

A côté de ce Klüber, nous trouvons dans ce même roman le type insolent de l'officier allemand, grossier et viveur, qui se croit de l'esprit quand il manque à une femme.

Klüber un dimanche emmène sa fiancée à une partie de campagne ; on dîne sous la charmille :

« On sait en quoi consiste un dîner allemand, une soupe aqueuse avec de la cannelle et des boulettes de pâte couvertes de gibbosités ; un bouilli sec comme du liège, entouré de betteraves bouffies, de raifort râpé et de pommes de terre vis-

queuses roulées dans une graisse blan-
châtre ; une anguille bleuie avec une sauce
aux câpres vinaigrée ; un rôti aux confitures, et l'inévitable *mehlspeie*, espèce
de pudding arrosé d'une sauce rouge
aigrelette ; en revanche du vin et de la
bière fort présentables. »

Quelques officiers allemands étaient
réunis autour d'une table couverte de bouteilles vides. La beauté de Gemma ne
pouvait passer inaperçue. Après s'être
consulté un instant avec ses camarades,
l'un d'eux se leva et, s'approchant le verre
à la main de la table où se trouvait la jeune
fille, s'écria d'une voix aiguë où perçait
pourtant un peu de trouble :

« — Je bois à la santé de la plus belle
pâtissière de tout Francfort et de l'univers,
et il vida son verre d'un seul coup ; puis
il s'avança, s'empara d'une rose qui se
trouvait posée devant l'assiette de la jeune

12.

fille et courut rejoindre ses compagnons, qui accueillirent son retour par des applaudissements.

« Levez-vous, *mein Fraulein*, dit enfin M. Klüber, toujours avec la même sévérité ; il ne convient pas que vous restiez ici. Nous allons nous établir dans l'intérieur du restaurant. »

Pour compléter le portrait de M. Klüber, j'ajouterai seulement qu'un beau jour l'irréprochable commis partit en emportant la caisse.

Le seul type sympathique d'Allemand qu'ait donné le romancier russe est celui du musicien ; dans ce temps-là, Wagner n'avait pas encore révélé toute la petitesse de son caractère. Cependant il est intéressant de remarquer que jamais aucun romancier russe n'a donné un Allemand comme type idéal. Une fois, par exception, Gontcharoff a opposé à Oblomoff, qui in-

carnait la nonchalance et la paresse du
grand seigneur russe, le type actif de
l'industriel Stolz, et encore celui-ci était
un Allemand russifié.

Malgré cette atténuation, la critique
russe s'indigna et cria si fort contre l'auteur qui avait pu choisir un Allemand pour
représenter un type sympathique, que
l'auteur crut devoir se justifier.

« Vous verrez que ce n'est pas sans
raison, écrivit Gontcharoff, qu'un Allemand a pris place dans mon roman ; il me
répugnait de choisir pour incarner ce type
un véritable Allemand d'Allemagne ; j'ai
pris un Allemand né en Russie et donné
en exemple l'éducation allemande pratique et vigoureuse, en regard de notre
éducation qui amollit les caractères.

« Il me semble que je ne suis pas en
faute, si nous considérons le rôle que les
Allemands et l'élément germanique ont

joué dans la vie russe. Et encore aujour-
d'hui les Allemands ne sont-ils pas chez
nous instituteurs, professeurs dans les
arts et les sciences, mécaniciens, ingénieurs. Les principales branches et les
plus lucratives de notre industrie et de
notre commerce ne sont-elles pas entre
leurs mains?

« C'est sans doute regrettable, mais
c'est ainsi, et les causes de cet état de
choses se trouvent également dans cette
même *Oblomovtchina* qui résultait du
servage et dont j'ai exposé les principaux
traits dans LE RÊVE D'OBLOMOFF.

Tels sont les types, pour la plupart mé-
diocrement sympathiques, que les grands
romanciers ont empruntés à l'Allemagne;
je me suis borné à reproduire les plus ca-
ractéristiques et les plus littéraires. Je
serais entraîné au delà des limites de cet
ouvrage, si je voulais rappeler les études

sans nombre où les écrivains russes de
second ou troisième ordre ont exercé leur
verve sur leurs voisins ; je me suis borné
à citer quelques portraits sans indiquer
les caricatures, comme la description de
l'Allemande par M. Neimrovitch Dant-
cheuko, qui verse dans la charge gri-
voise.

XI

LA CUISINE ALLEMANDE ET SON INFLUENCE SUR LE CARACTÈRE NATIONAL

Origine de cette boutade. — Où l'on commence à vivre.
— Pourquoi les Allemands sont-ils ridicules ? — Importance de la nourriture. — Hegel à Paris. — Malédictions gastronomiques.

Lorsque Alexandre Hertzen dut, comme tant d'autres Russes, quitter son pays pour venir en Occident puiser la science et la liberté à leurs sources mêmes, il ne put se dispenser de traverser l'Allemagne. Il venait à peine de poser le pied sur le sol de la Germanie, qu'il envoyait à Saint-Pétersbourg la boutade suivante, qui, sous une forme piquante, ne manque ni de justesse ni de profondeur.

« Ce n'est que de l'autre côté du Rhin qu'on commence à vivre! C'est connu depuis longtemps. Les Romains, il y a deux mille ans, faisaient des séjours à Mayence, à Cologne, mais se gardaient bien d'aller à Hanovre ou de pousser jusqu'à Berlin! Pourquoi? Parce qu'il n'y a rien à voir en Allemagne!... L'Allemagne doit être lue, étudiée, jouée sur un piano, et pour l'apprécier il faut la traverser en wagon d'un bout à l'autre en un seul jour!...

« Le touriste qui aurait la malencontreuse idée de vouloir visiter l'Allemagne ferait une chose aussi absurde, que l'amateur qui voudrait manger un tableau pour se rendre compte de sa qualité. Si l'huile est toute fraîche, passe encore; cependant qui ne préférerait à ce compte-là, au plus beau tableau de l'école de Dusseldorf, la première salade venue, à condition, bien entendu, qu'elle ne soit pas assaisonnée par une Allemande.

« Il m'est impossible de ne pas m'arrêter à quelques considérations à propos de salade. Leibnitz, Heine , Gœthe et Hégel, ainsi que d'autres grands hommes, sont tous d'accord pour reconnaitre qu'en dépit de sa puissance spéculatrice l'esprit allemand est dépourvu de sens pratique; les Allemands ont beau être grands dans la science, ils n'en sont pas moins dans la vie ordinaire les *philisters* les plus lourds, les plus obtus et, ce qui est pire encore, les plus ridicules du monde.

« Cette contradiction doit avoir une cause générale.

« Pourquoi l'Allemand est-il sujet aux scrofules, aux larmes, au romantisme, à

l'amour platonique et au contentement
bourgeois?

« Pourquoi les Allemandes ne savent-
elles pas s'habiller et ne peuvent-elles
vivre que dans des sphères éthérées,
supra-célestes ou au milieu des vapeurs
de la cuisine?

« Eh bien! tout cela vient de ce que
leur fibrine est desséchée et poreuse!

« On a écrit des volumes là-dessus en
laissant toujours échapper la véritable
cause, parce qu'elle était trop près ; elle
crevait les yeux, c'est pourquoi on passait
à côté sans la voir. On a invoqué la Réformation, la guerre de Trente Ans, la
guerre de la Délivrance, — quand nous
avons délivré les Allemands des Français
— mais toutes ces raisons n'étaient que
des causes secondaires, la véritable cause,
l'unique cause, c'est la cuisine allemande!

« Vous riez?... Comment, vous êtes en-

13

core idéalistes? Il vous faut des causes abstraites, immatérielles qu'on ne puisse cuire ni rôtir? Ah! vous méprisez trop votre pauvre guenille, vous prenez trop de libertés avec elle..... gare sa revanche.

« Permettez-moi avant d'aller plus loin de vous poser cette question : Quelle quantité nutritive l'estomac d'un Allemand peut-il retirer, en dépit de ses efforts, de la pâte aigre-douce, farineuse, végétarienne, assaisonnée de cannelle, d'œillet, saupoudrée de safran qu'ingurgite l'Allemand? Si vous saviez à quel travail doit se livrer ce pauvre estomac pour digérer tant de farine, de pommes de terre, et réagir contre les douches de bière bavaroise dont on l'inonde, vous trouveriez comme moi que tout estomac allemand aurait le droit de porter sur son duodénum une médaille ornée de cette

inscription : « Pour la digestion, » il l'a
bien méritée.

« Comment voulez-vous que cette
nourriture donne aux Allemands cette
fibrine active et inquiète que possèdent
les Français ? Quand il faut vaincre un tel
fardeau, on est encore heureux de pouvoir se tenir debout sur ses jambes et de
ne pas devenir flasque comme un chif-
fon.

« Changez la cuisine allemande et vous
verrez qu'Arminius n'a pas eu tort de
sauver les Germains aux défilés de Teut-
bourg... Il est vrai que des réformes
semblables ne s'accomplissent pas du jour
au lendemain... Mais je crois au progrès,
je veux croire en l'Allemagne...

« Lorsque Hégel fit un séjour à Paris,
chez Cousin, il écrivit à Mme Hégel.

« Ici l'on dîne à 6 heures (s'il avait vu
les Français lire avec les oreilles, il n'au-

rait pas été plus étonné), je n'ai pas pu m'y habituer et Cousin me fait préparer un diner à part à 2 heures.

« Que peut-on attendre de natures aussi tenaces dans leurs habitudes ?

« Mais — *tempora mutantur* — Hegel et Gœthe sont les derniers des Mohicans, quand toute cette « jeune Allemagne », qui est déjà si vieille, sera morte, vous le verrez, oui, la cuisine allemande se transformera.

« Assurément, si la Diète allemande s'occupait un peu de la diète de l'Allemagne, elle devrait commencer par décréter le transfert immédiat de toutes les cuisinières allemandes au Texas, avec ordre de les remplacer par des cordons-bleus de Paris; cette fois, riez, l'Allemagne marcherait en plein dans le progrès.

« Oh! il ne faut pas plaisanter avec la

cuisine ; la chimie organique est plus im-
portante qu'on ne le pense au point de
vue politique. Toute la question du prolé-
tariat n'est au fond qu'une question de
cuisine, et le socialisme une question de
digestion ! »

« En me plaçant à ce point de vue, je
peux, du haut de ma conviction, crier :
Soyez maudites, vous, sauces épaisses
comme la boue en automne, et vous, sauces
fadasses comme les drames de Birch-
Pfeifer ! Soyez maudits ! vous, cinq petits
plats qu'on coupe, entre le second et le
troisième, de hareng accompagné de
confitures, de jambon entouré de pru-
neaux et, pour finir, du saucisson avec
des oranges ! Malédiction sur les poules
préparées au safran ! malédiction sur les
dampfnudels, les charlottes, les puddings
allemands ! malédiction sur la pomme de
terre sous ses cent métamorphoses et

malédiction enfin sur la cannelle, sur l'œillet et sur la feuille de laurier, qui sied si mal à ces drogues culinaires! »

XII

LE « FAUST » DE GŒTHE JUGÉ PAR
TOURGUÉNEFF

Importance de l'analyse de *Faust*. — L'Allemagne en
1770. — Gœthe et les Encyclopédistes. — La grandeur
et la faiblesse de Gœthe. — *Faust* est l'œuvre d'un
égoïste. — Le peuple dans *Faust*. — Méphistophélès
et le Satan de Milton. — Faust et Gretchen. — Com-
paraison entre *Faust* et *Hamlet*. — L'Allemand
n'est pas citoyen. — Insuffisance de *Faust*. — La seconde partie de *Faust*.

Faust restera toujours l'œuvre capitale
de la littérature allemande parce que
l'esprit germanique avec sa synthèse
puissante, sa psychologie profonde, son
amour intense de la nature, s'est incarné
dans le génie de Gœthe pour se refléter
tout entier dans cette œuvre unique, qui
échappe à toute classification. Apprécier

Faust et son créateur, c'est pénétrer l'àme même de l'Allemagne. Un des plus grands écrivains de la Russie, et en même temps un de ses premiers penseurs, a consacré au poète de Weimar une étude approfondie ; mes lecteurs me sauront gré de la leur' communiquer : elle leur montrera comment le génie slave a compris le génie allemand.

« Chaque peuple, écrit Tourguéneff, passe par une période purement littéraire, qui prépare peu à peu d'autres développements plus larges de l'esprit humain ; l'Allemagne est entrée dans cette phase vers 1770.

« Tandis qu'en France l'ancienne société, épuisée par des luttes extérieures et intestines, cherchait à résoudre toutes les questions, sans jamais trouver une réponse qui la satisfît, et marchait à grands pas vers la rénovation sociale — l'Allemagne arrivait lentement à la conscience de sa nationalité, de sa propre existence comme peuple qui parle une seule langue ; elle ne possédait pas encore un seul monument littéraire.

Jusqu'au xviie siècle, tous les savants allemands écrivaient en latin et en français, comme Leibnitz ; les poètes allemands étaient attachés aux différentes cours en qualité de bouffons, ayant pour mission de célébrer par des odes tous les événements solennels ; il n'y avait à côté d'eux qu'un certain nombre d'humoristes appartenant à l'école de Hans Sachs, sans grande valeur, et dont le principal mérite est d'indiquer la tendance débonnaire de l'esprit allemand dans la satire.

« Les souverains allemands, même les meilleurs d'entre eux, comme Frédéric II, méprisaient la langue de leur peuple, il n'y avait que les théologiens qui depuis

13.

Luther prêchaient et écrivaient en langue allemande.

« Mais au milieu du siècle passé, voici que tout change, le philosophe Wolf abandonne la langue latine ; la littérature allemande, qui venait de naître et n'avait pas encore trouvé sa voie originale, s'élança sur les traces des grands écrivains français. C'est alors qu'on vit apparaître des talents de premier ordre comme Klopstock, Wieland, Lessing...

« Mais la grande réforme littéraire, celle que Gœthe appelle une révolution dans les lettres allemandes, s'est accomplie de 1770 à 1780 ; dans l'histoire de la littérature allemande, cette époque est désignée sous le nom de période de tempête et de tourmente (Sturm und Drang-Periode).

Le mouvement des esprits en France représenté par Voltaire, Rousseau et les encyclopédistes, ce mouvement qui devait plus tard secouer le monde entier, ne rencontra à cette époque que peu de sympathie en Allemagne. Les landgraves n'en continuaient pas moins à vendre de bon cœur leurs sujets aux Anglais, pour leur aider à soumettre, en Amérique, leurs colonies rebelles.

Gœthe lui-même dit, dans son autobiographie : « Quand il nous arrive d'ouvrir « une des parties du *Dictionnaire ency-* « *clopédique* de Diderot et de d'Alembert, « il nous semble que nous entrons dans « une grande usine où de tous les côtés « grincent et tournent des roues, et où « des machines sont mues par des forces « incompréhensibles, et nous, qui ne com- « prenons pas le but de tout ce mouve- « ment, nous tombons dans un désespoir « complet... La lutte ardente des philo- « sophes français contre le cléricalisme

« nous laisse froid ; leurs livres condamnés
« à être brûlés n'auraient aucune influence
« sur nous... Notre divinité à nous,
« c'est la nature...

« En effet, Gœthe était un poète par
excellence, mais un poète et pas autre
chose... C'est ce qui fait selon nous sa
grandeur et sa faiblesse.

« Il était doué d'une puissance d'observation qui embrassait tout ; les phénomènes
se reflétaient dans son âme, sans efforts,
simplement et avec fidélité...

« Il était susceptible de ressentir l'en-
traînement fou de la passion, et en même
temps il possédait le don de faire de sa
propre passion l'objet de sa contemplation
poétique. A une imagination infiniment
variée et impressionnable, il unissait la
rigueur de la raison, le sentiment de la
mesure dans l'art et le besoin de l'unité.

« Il était entier, tout d'une pièce,

comme on dit ; la vie et la poésie ne se
partageaient pas pour lui en deux mondes
différents ; sa vie était sa poésie, sa poésie
était sa vie.

« Il écrivait à la comtesse Stolberg :
« Je laisse mes impressions se transformer
« en facultés, et ces facultés s'élever jus-
« qu'au talent. »

« Le premier et le dernier mot, l'alpha
et l'oméga de sa vie, était son propre *moi*;
mais dans ce *moi* vous retrouvez l'univers entier. La conscience de la grandeur
de cette personnalité agit si puissamment
sur vous, que la petite chanson de
Klaerchen, qui développe cette simple
idée : « Il n'y a pas de bonheur sur cette
terre sans l'amour », vous frappe comme
si vous-même, ni aucun autre poète ne
seriez capables de la concevoir.

« On comprend facilement comment
Gœthe en est venu dans sa vieillesse à

prendre au sérieux son rôle de Jupiter Olympien ; il avait soumis l'art comme personne avant lui ne l'avait fait, et les hommes ne demandent pas autre chose ; les joies et les larmes chantées par le poète les touchent beaucoup plus que les joies et les larmes véritables.

« C'est que Gœthe était Allemand — un Allemand du xviiie siècle, un fils de la Réformation ; sa grandeur consiste en ce que toutes les aspirations, tous les désirs de sa nation se sont reflétés en lui avec efficacité. C'est parce que ce grand poète était Allemand qu'il a pu créer *Faust*.

« Il n'a pas conçu le premier l'idée d'utiliser ce type ; déjà *Marlow* avait donné en Angleterre son *Faust*, un drame remarquable, et en Allemagne plusieurs contemporains et amis de Gœthe — si Gœthe pouvait avoir des amis — Klinger et Lenz ont traité tous les deux ce sujet.

Chose étrange, ces deux émules du demi-dieu de Weimar sont morts en Russie : Klinger à Saint-Pétersbourg avec le grade de général, et Lenz à Moscou, chez un cordonnier, dans la misère et fou.

Le rêve caressé vainement, mais avec tant d'ardeur, par le fantasque et original Lenz, et que la nature robuste, mais peu poétique de Klinger ne lui permettait pas de concevoir, ne pouvait être réalisé que par Gœthe. Si nous pénétrons dans l'âme de *Faust*, nous verrons qu'il était impossible qu'il en fût autrement, de même qu'il n'a été donné ni à Hoche ni à Marceau, mais à Napoléon seul, le droit de s'appeler : « l'homme du destin ».

« *Faust* est une œuvre qui a pour objet unique l'homme individuel ou plus exactement égoïstique.

« A cette époque l'Allemagne était divisée en atomes, et chaque Allemand, tout en ayant l'air de ne penser qu'à l'homme en général, n'était en réalité préoccupé que de sa propre personne. Faust, depuis le commencement jusqu'à la fin de la tragédie, ne pense qu'à lui-même. Le dernier mot de ce monde terrestre pour Gœthe, comme pour Fichte, comme pour Kant, c'est le *moi*...

Faust ne connaît pas la société, il ne connaît pas le genre humain ; il est tout plongé dans son propre *moi*, c'est de lui seul qu'il attend le salut...

« Gœthe a écrit son *Faust* sans aucun plan arrêté. Il jetait les vers sur le papier comme les aveux involontaires d'un poète personnel, penseur et passionné.

« Voyez le rôle misérable que joue le peuple dans *Faust*... Rappelez-vous la scène de la promenade de Faust et de Wagner et celle de la cave d'Auerbach... C'est le peuple des tableaux de Teniers et d'Ostade : Méphistophélès veut donner à Faust une idée des plaisirs de la foule et lui montre une demi-douzaine d'étudiants passablement sots, aux dépens desquels ils s'amusent en grands seigneurs. Le peuple, dans l'œuvre de Gœthe, passe devant nos yeux non comme le chœur antique dans la tragédie classique, mais comme défilent les choristes dans l'opéra moderne.

« La foule est présentée objectivement, même symboliquement ; le poète l'a traitée selon ce qu'elle vaut et il est quitte envers elle. Que peut-elle demander de plus ? De quel droit cette foule stupide viendrait-elle troubler le repos majestueux ou les joies et même les souffrances solitaires du poète ou du savant de génie ?

« De même, ce malheureux enfant, cet écolier qui vient si humblement demander à Faust des conseils, avec quelle ironie aristocratique et dédaigneuse Gœthe se

moque de lui et de toute la jeunesse qui
n'est pas capable de s'élever au-dessus de
la foule jusqu'au génie!

« Méphistophélès sait fort bien que
Faust est un égoïste qui ne pense qu'à sa
propre personne; c'est pourquoi toutes ses
railleries, tous ses sarcasmes tombent
d'aplomb sur la tête du docteur.

« D'ailleurs, Méphistophélès lui-même
n'est pas « le grand Satan ». Méphistophélès est le Satan de l'individu qui se
complaît dans l'analyse de soi-même; il
incarne le principe de la négation qui nait
dans les âmes occupées exclusivement de
leurs propres doutes et de leurs irrésolu-
tions; c'est le Satan des hommes abstraits,
qui seront profondément troublés par une
contrariété dans leur propre vie, mais qui
passeront avec un sang-froid philosophique devant toute une famille d'ouvriers
qui se meurt de faim.

« Méphistophélès n'est pas terrible en lui-même, il le devient par l'influence qu'il exerce sur cette multitude de jeunes gens qui, grâce à lui, ou pour parler sans allégorie, grâce à leur esprit de réflexion timide et égoïste, sont incapables de s'élever au-dessus de leur cher *moi*.

« Les hommes qui sont possédés de Méphistophélès souffrent sans doute, mais leurs souffrances n'excitent pas en nous une compassion profonde ; nous savons combien de ces soi-disant martyrs se sont tout d'un coup métamorphosés en robustes bourgeois, contents de vivre...

« Je le répète, Méphistophélès n'est terrible que parce qu'il passe pour tel... Il n'est réellement redoutable que pour les hommes qui placent le bonheur suprême dans le bonheur individuel et veulent en même temps analyser leur félicité. Ces hommes seront toujours nombreux, si nombreux, qu'en pensant à eux, nous sommes sur le point de reconnaître de la grandeur au Satan de Gœthe. Cependant, nous ne pouvons nous empêcher d'avouer qu'en parlant de Méphistophélès nous avons plus d'une fois évoqué en nous-même « une autre image puissante », auprès de laquelle Méphistophélès, cette incarnation du principe analytique dans la sphère étroite de l'individu, pâlissait et s'anéantissait.

« Faust est un égoïste systématique, ambitieux, savant et rêveur. Ce n'est pas la science qu'il voudrait conquérir : il ne souhaite la science que pour arriver par elle à son propre repos, à son propre bonheur. Toute la tragédie de Gœthe est empreinte de cette étroitesse de la na-ture abstraite de Faust à l'exception d'une scène ; cette scène est celle de la gran-diose apparition de l'Esprit de la Terre,

qui dans ses paroles foudroyantes fait entendre la voix de Gœthe le panthéiste, de
ce Gœthe qui, sous la diversité passion-
nelle du monde humain, ne reconnaissait
que la substance unique et infinie de Spi-
nosa, où il se réfugiait comme dans un
asile (*in sein asyl*) quand sa propre personne lui devenait insupportable.

« L'égoïsme de Faust s'accuse surtout
dans ses relations avec *Gretchen*.

« Quant à Marguerite elle-même, elle
est jolie comme une fleur, transparente
comme un verre d'eau, simple comme
deux fois deux font quatre; c'est une
bonne petite fille allemande, exempte de
passion; elle respire le charme pudique
de l'innocence et de la jeunesse, mais en
même temps elle est un peu niaise.

« Il est vrai que Faust n'exige pas que sa
maîtresse ait de l'esprit. Quand il vient la

voir, il n'oublie jamais en partant de lui laisser un cadeau.

« L'entretien de Faust et de Gretchen sur la religion est suivi de la chute de la jeune fille... et tout est fini.....

« Les malédictions de Faust, lorsqu'il apprend par Méphistophélès que Gretchen est perdue, sont révoltantes ; il accuse tout le monde quand il est le premier coupable.....

« Et, à la dernière scène, dans la prison, est-ce que Gretchen, cette pauvre enfant bornée, ne se montre pas mille fois supérieure à Faust, qui l'implore à la hâte, dans son trouble, de fuir avec lui, lors même qu'il sait fort bien que sa comédie avec Gretchen est jouée, et que tout son amour, pour employer le langage de Gœthe, est « une affaire passée » ; (*Wass er gesollt hat er vollendet*), l'œuvre qu'il devait accomplir est achevée...

« On peut rapprocher Gretchen d'O-
phélie, cependant, il y a cette grande
différence qu'Hamlet, après avoir perdu
la jeune fille qu'il a aimée, meurt lui-
même, tandis que, dans la seconde partie du drame de Gœthe, nous trouvons
Faust heureux et tranquille, se reposant
sur l'herbe aux chants des sylphes, et
ayant complètement oublié son passé.
Il n'y a plus place dans son souvenir
pour une pauvre jeune fille comme
Gretchen : dans ses rêves, il ne voit plus
qu'Hélène.

« Le drame de *Faust* n'en reste pas
moins une œuvre de génie. Il reflète tout
entière une époque qui ne se répétera pas
en Europe, cette époque où la société est
arrivée à la négation de soi-même, où
chaque citoyen devient un homme, où commence enfin la lutte entre l'ancien temps
et le nouveau, et où les hommes ne re-

connaissent de stabilité que dans la raison
et la nature...

« Les Français ont réalisé cette auto-
nomie de la raison humaine dans les faits ;
les Allemands dans la théorie, la philosophie et la poésie.

« L'Allemand est beaucoup plus une
personne qu'un citoyen ; les questions qui
se rapportent à l'individu le passionnent
beaucoup plus que les questions sociales ;
l'époque que nous venons d'indiquer plus
haut répondait exactement au génie spécial
du peuple allemand, et c'est pendant cette
période qu'est né le poète qu'on peut ac-
cuser avec raison de n'avoir jamais eu de
principes sociaux. Ce poète est né en Allemagne, parce que l'Allemand seul est
capable de n'être qu'un individu dans la
famille humaine, et qu'il fallait une nature
comme la sienne, essentiellement égoïste
et en même temps capable d'embrasser

profondément tout l'univers, pour qu'il ait
pu trouver en lui-même son *Faust*.

« En effet, *Faust* est une œuvre qui ne
pouvait être enfantée que par un égoïste.
Gœthe, ce défenseur de l'ordre terrestre,
cet ennemi de tout faux idéal, de tout sur-
naturel, a le premier pris la défense non
point de l'humanité, mais de l'homme individuel en lutte avec ses propres passions... Il a démontré que l'homme possède en soi une force immuable, qu'il peut
subsister sans aucun soutien extérieur,
qu'en dépit de tous ses doutes, de toute la
pauvreté de ses croyances, de la faiblesse
de ses hypothèses, il a le droit et la possibilité d'être heureux et de pouvoir l'être
sans honte. Faust sort vainqueur de toutes
ses luttes.

« Assurément l'humanité ne peut pas se
contenter de cette victoire; l'homme sait
que la pierre angulaire de la vie n'est pas

14

sa propre individualité, mais l'humanité tout entière qui a ses lois éternelles et immuables.

« C'est pourquoi Gœthe, après avoir exprimé dans la première partie de *Faust* la protestation égoïste et étroite de l'individu, se met à composer la seconde partie.

« La capacité poétique d'impressionnabilité et de création qui a toujours été si fortement développée dans le génie de Gœthe, lui devient dès lors plus précieuse que l'objet de cette création, que la vie elle-même; il croit avoir atteint les sommets de la contemplation, tandis qu'en réalité il regarde froidement tous les accidents de la vie terrestre du haut de son égoïsme vieilli.

« Il se glorifie de ce que toutes les grandes réformes sociales, qui se sont accomplies autour de lui, n'ont jamais un seul instant troublé sa sérénité; il résiste

aux vagues comme un rocher, et reste
debout au milieu de son siècle, quoique
son esprit observateur s'efforce de comprendre et d'apprécier les événements
remarquables de son temps, mais l'esprit
seul ne suffit pas pour pénétrer la vie.

« Il était conséquent avec lui-même, il
n'avait pas changé, et ses compatriotes,
même la jeunesse allemande, l'admiraient,
se pressaient autour de lui, répétant ser-
vilement ses sentences de vieillard raffiné.

« Toute la vie humaine lui apparaissait
comme une allégorie, et sous cette impression il écrivit sa grande ou plutôt sa longue
allégorie — la seconde partie de *Faust*.

« Cette seconde partie est jugée définitivement aujourd'hui ; tous ces symboles,
tous ces types, tous ces groupements ar-
tificiels, ces discours énigmatiques, le
voyage de Faust dans le monde antique,
tous ces personnages allégoriques et ce

tissu d'aventures, est un pauvre et triste
dénouement à la tragédie de Faust. Toute
cette seconde partie ne trouve un écho
que chez les hommes de notre génération
qui sont vieux par le cœur, s'ils ne le
sont pas encore par l'âge, et les traducteurs
de *Faust* peuvent facilement se priver de
la tâche ingrate de reproduire la seconde
partie du drame, même en abrégé.

« Les hommes ont besoin pour vivre de
pouvoir concilier les contradictions de la
vie, et ce besoin de conciliation serait
digne de respect, si ceux qui la recherchent
ne se contentaient souvent d'une union
factice, obtenue à l'aide de moyens inférieurs... Cette faculté que possèdent les
hommes d'être satisfaits de jouissances
terre-à-terre, renferme le secret du succès,
passager il est vrai, de la seconde partie
de *Faust*.

« Quel est le lecteur consciencieux qui se

laissera persuader que Faust atteint **en**
effet les instants de la plus haute jouis-
sance, parce que ses entreprises égoïstes
lui ont toutes réussi, et qu'à cause de son
contrat avec le diable il est contraint de
quitter cette vie ?

« Gœthe, dans cette seconde partie de
Faust, n'est resté fidèle à sa nature qu'en
ceci : il n'a pas envoyé Faust chercher le
bonheur en dehors de la sphère humaine.
Cependant, comment ne pas reconnaître
combien la conciliation trouvée par le
poète est misérable **et triviale ?**... »

XIII

RICHARD WAGNER ET LA CRITIQUE RUSSE

Pourquoi les Russes ne sont pas wagnériens. — Caractéristique de la nouvelle école musicale russe. —
Qualités et défectuosités de *Tanhaüser* et de *Lohengrin*. — Pauvreté d'imagination dramatique dans les
Nibelungen. — Erreur de Wagner. — Un opéra sans
cantatrice. — La mélodie sans fin. — Le caractère
personnel de Wagner. — Les incidents de l'Éden-
Théâtre.

Le célèbre compositeur du *Tanhaüser*
ne pouvait recruter en Russie ni des
disciples aussi enthousiastes, ni des dé-
tracteurs aussi passionnés qu'en France.
La raison en est fort simple; en même
temps que la littérature russe rompait
avec le romantisme et fondait cette glo-
rieuse école du roman naturaliste, qui a

donné des maîtres comme Gogol, Tourguéneff, Dostoïevski et Gontcharoff, la musique russe, représentée par Glinka, rompait avec la fioriture italienne et dédaignait le thème banal des libretti pour fonder l'opéra dramatique. La musique moscovite, tout en poursuivant le même but que la musique de Wagner, en différait cependant sensiblement. Si un exemple tiré de la littérature pouvait me servir à marquer cette nuance, je dirais que Glinka, Dargomijski, Moussorgski se distinguent de Wagner au même degré que Tourguéneff et Tolstoï s'éloignent de Zola.

La musique russe n'ignore point le *leitmotif* si cher à Wagner, elle possède également au plus haut point la vérité musicale et l'élément dramatique, elle observe une harmonie scrupuleuse entre la musique et les paroles. Il est vrai, qu'elle repousse tout effet brutal et se dispense de ces bruits discordants qui viennent troubler le spectateur dans les opéras du musicien de Bayreuth et lui font penser involontairement aux trompettes des Prussiens et aux exploits des compatriotes de Wagner.

Comme le roman de Tourgéneff et de Tolstoï, la musique russe est avant tout humaine, mais, bien qu'elle reste toujours dramatique et vraie, elle ne néglige pourtant pas la mélodie.

Wagner ne compte en Russie qu'un imitateur enthousiaste, Séroff, mais aussi ses opéras *Rogneda* et *Judith* sont en fait d'originalité et de puissance dramatique, de beaucoup inférieurs aux opéras de Dargomijski et de Glinka.

Maintenant si nous passons à la critique de l'œuvre de l'ami du roi de Bavière, nous trouvons que la Russie a rendu hommage à ses grands mérites, tout en faisant beaucoup de réserves.

Ainsi, en parlant du *Tanhaüser* et de *Lohengrin*, M. Trifonoff, le critique musical du *Messager d'Europe*, s'exprime en ces termes :

« Ces deux opéras sont beaucoup plus riches en harmonie qu'en mélodie. Quelle diversité d'accords, quelle variété dans leurs combinaisons, quelles modulations vigoureuses souvent dans leurs plus lointaines tonalités !... Mais toutes ces richesses ont été dépensées sans méthode, sans réflexion... Ici, les accords les plus captivants se pressent en masse dans les combinaisons les plus ingénieuses ; là, l'accompagnement frappe par sa pauvreté, sa nullité, qui rappelle les opéras de Donizetti et de Rossini...

« Mais ce qui frappe le plus, c'est que

Wagner, si riche harmoniste qu'il soit, et en dépit de ses prétentions à la musique dramatique, se montre routinier, impuissant, manquant de fond au moment précisément où le texte de ses opéras exige que le sentiment dramatique soit exprimé avec force; dans ces occasions, il ne connaît qu'un moyen; le trémolo d'orchestre dominant l'harmonie du sept-accord diminué. Ce procédé n'est pas nouveau, et Wagner n'a pas le mérite de l'avoir inventé; plusieurs de ses prédécesseurs en ont abusé, mais jamais cet abus n'a pris des proportions aussi excessives qu'avec le créateur de Parsifal; celui-ci, non content de prodiguer du sept-accord diminué dans l'orchestration, l'introduisait jusque dans les phrases vocales, et je pourrais indiquer nombre de récitatifs dont le texte est des plus dramatiques, et qui sont basés sur les intervalles de cet accord. Il est impos-

sible d'inventer un mode de déclamation
musical plus banal. »

Les autres opéras de Wagner n'ont pas
reçu non plus l'approbation sans réserves
de la critique russe. On reproche aux
Nibelungen la pauvreté de l'invention
dramatique à côté de la même richesse
d'harmonie ; seulement dans cette œuvre
musicale le compositeur fait preuve d'un
talent plus mur et plus sérieux que dans
Tanhaüser et *Lohengrin* ; on ne retrouve
plus cette pénurie d'accompagnements
qui faisait penser à Bellini et à Donizetti,
ni des procédés et des formes routinières ;
toute la facture des *Nibelungen* est originale, neuve et intéressante, remarque
M. Trifonoff, mais il reprend aussitôt :

« D'un autre côté, cette musique manque
d'inspiration et laisse percer le parti
pris... Wagner a créé de nouvelles formes
neuves et originales, mais il n'a pas atteint

son idéal et ne pouvait pas l'atteindre, car il faisait fausse route. En concentrant tout l'intérêt de la musique dans l'orchestre, il déflorait les personnages du drame, il réduisait à néant leur importance, affaiblissait le texte de l'opéra, sacrifiait le drame qui aurait dû, d'après ses principes, avoir le rôle prépondérant. Enfin il abaisse la musique elle-même en la limitant à de courtes phrases musicales, évitant à dessein les longues mélodies expressives et ces diverses formes musicales sans lesquelles une œuvre de ce genre ne peut atteindre la perfection.

« La voix humaine ne joue presque aucun rôle dans les opéras de Wagner... Un compositeur, qui est une autorité musicale, raconte qu'un jour, à la représentation d'un des opéras du cycle des *Nibelungen*, une des cantatrices fut prise tout à coup d'un enrouement qui lui enleva toute possibilité de chanter à la représentation; personne ne pouvait la remplacer, elle joua son rôle en le mimant et en ouvrant la bouche, et personne ne s'aperçut qu'elle n'avait pas donné un son. »

Cette anecdote est peu vraisemblable, mais elle indique finement à quel point les partitions vocales sont insignifiantes dans les opéras de Wagner.

L'unendliche melodie (la mélodie sans fin) de l'orchestre engloutit tout.

Quant au caractère personnel du compositeur allemand, il est aussi antipathique aux Russes qu'il l'est aux Français. Wagner réunissait toutes les mauvaises qualités allemandes dont les Russes ont eu tant à souffrir. Impossible de rencontrer en qui que ce soit plus d'arrogance et d'insolence que chez le compositeur du *Kaiser-Marsch*? Et, en fait d'ingra-

15

titude, qui pourrait rivaliser avec lui?
Qui s'entendait mieux à signaler le fétu
dans l'œil de son prochain sans s'apercevoir de la poutre qui obscurcissait le
sien.

A propos des sorties impardonnables
que Wagner s'est permises contre Meyerbeer, M. Trifonoff remarque très-jus-
tement :

« En lisant ces lignes acerbes, il est
impossible de ne pas se souvenir avec
quelle âpreté Wagner recherchait lui-
même une gloire facile à n'importe quel
prix... Tout en attaquant avec cette pré-
somption la gloire de Meyerbeer, le
musicien allemand n'abandonnait point
l'espoir d'obtenir des ovations dans la bril-
lante capitale de la France. Il lui apportait
même le plan d'un texte mythique, celui
de *Wieland der Schmiedt.*

Enfin, cette basse attaque que Wagner

a dirigée contre la France pour qu'elle
serve de réclame à ses œuvres dans son
propre pays, était-ce l'acte d'un artiste
digne de ce nom ?

Aussi, le chroniqueur de la *Nedielia*
remarque, à propos des désordres qui se
sont produits autour de l'Éden-Théâtre :

« La haine des Français pour Wagner
est-elle ou non artistique, c'est une question que je laisse de côté, mais, du moment
que le fait existe, on peut laisser jusqu'à
des temps meilleurs la doctrine de l'art
pour l'art, et ne pas ressusciter, même
pour entendre l'œuvre d'un musicien de
génie, des souvenirs détestables ».

XIV

LES GRANDS ÉCRIVAINS ALLEMANDS EN RUSSIE.

Schiller. — Dualité de sa poésie. — Schiller et Gœthe.
Lessing. — Opinion de Tourguéneff. — Hoffmann
et Jean-Paul Richter par Biélinski. — Hégel. —
Heine et Boerne. — Auerbach, Freitag, Heyse et
Spielhagen (le roman en Allemagne). — Lassalle et
Marx. — Schopenhauer en terre russe.

Ce qui frappe le plus dans les appré-
ciations que les Russes ont portées sur
les grands écrivains allemands, c'est ce
fait qu'ils n'admirent jamais en eux les
traits qui sont particuliers au génie germanique, mais le côté humain de leurs
œuvres. Au contraire, les particularités

que l'auteur doit à son origine allemande, lui sont presque toujours imputées comme des défauts.

Schiller, le poète humanitaire que la Révolution a baptisé citoyen français, réunissait tous les mérites qui pouvaient le rendre propre à exercer une grande influence sur la société russe, avide d'œuvres fortes et élevées.

« Mais ce poète, dit Biélinski, par un des côtés de son génie, appartient à l'humanité et de l'autre se rattache à la nationalité allemande. Cette dualité se retrouve dans sa poésie; Schiller est le poète des sentiments humains, son cœur saigne d'un amour vif et noble pour l'homme et l'humanité, brûle de haine contre le fanatisme religieux ou national, contre les préjugés, les bûchers, les supplices, tout ce qui divise les hommes et leur fait oublier qu'ils sont frères.

« Cependant, en même temps, Schiller est un romantique imbu de l'amour du moyen âge. Étrange contradiction! selon nous, c'est le tribut qu'il a dû payer à son origine germanique. Schiller se montra grand dans son amour pour l'humanité, mais c'est un amour rêveur, un amour de tête; il fuit la terre de crainte de se souiller au contact de la boue, il se tient près du ciel, dans ces régions éthérées où l'air est raréfié et où les rayons du soleil éclairent sans réchauffer...

« La femme, dans la poésie de Schiller, n'est pas un être vivant, un beau corps dans les veines duquel coule un sang chaud, mais un pâle fantôme. Elle n'est pas la passion, mais l'affectation. Les femmes de Schiller aiment avec la tête plus qu'avec le cœur; il la maintient toujours sur un piédestal, sous une cloche de verre, pour l'abriter du moindre souffle de vent, de la moindre poussière de cette terre. »

Malgré ces réserves, le critique russe préfère Schiller à Gœthe :

« Quant à Gœthe, s'écrie-t-il, grâce à sa nature allemande tout un côté de la vie lui est resté fermé, et c'est ce côté qui a été rendu par Schiller... Je suis toujours mécontent quand je vois des critiques, qui manquent de portée, accorder à Gœthe tous les mérites et tout refuser à Schiller. Si l'on voulait établir un parallèle entre ces deux poètes, qui d'ailleurs savaient s'estimer réciproquement, il serait téméraire de vouloir décider lequel sera le plus apprécié dans l'avenir... Déjà quelques-uns affirment, à mon avis, non sans raison, que Gœthe est le poète du passé, qu'il est un roi découronné et mort pour le présent... »

C'est également le souffle humain de

son œuvre qui a valu à Lessing les vives
sympathies du public russe. Le *Laocoon*,
Emilia Galoti, ses remarquables études
sur Shakspeare ont exercé une grande
influence sur les lettres russes en général,
et tout particulièrement sur Karamzine.
C'est auprès de lui que cet écrivain russe
a puisé les idées si saines qu'il a émises
sur le théâtre. De son côté Tchernichevski
a consacré à la vie de Lessing tout un
grand travail, et Tourguéneff pour hono-
rer son ami, le grand critique Biélinski,
n'a rien trouvé de plus flatteur que de
le surnommer : « le Lessing russe ». Il a
expliqué lui-même ce choix :

« Les guides de la société dans la critique sociale et esthétique doivent être
supérieurs à leurs contemporains; ils
doivent avoir une tête plus *normalement*
organisée, posséder un plus ferme caractère, des idées plus nettes; mais il ne faut

pas qu'un abîme subsiste entre eux et leurs lecteurs. Ce guide peut remplir d'indignation, de colère ceux qu'il heurte, remue et pousse en avant; ceux-ci peuvent le maudire, mais avant tout il faut qu'ils le comprennent...

« On comprend que Lessing, pour devenir le guide de sa génération, le représentant complet de son pays devait être plus savant, il reflétait la voix et la pensée de l'Allemagne entière, il était une *nature centrale allemande*. Mais le critique russe qui aurait le droit de s'intituler « le Lessing russe », Biélinski, a pu devenir ce qu'il a été sans être un puits de science. Pour accomplir sa mission, il savait tout ce qu'il lui fallait savoir.

« L'Allemand cultivé s'efforce de corriger les défauts de son peuple après s'en être rendu compte par de longues et lentes réflexions; le Russe cultivé en

15'

souffrira encore longtemps lui-même. »

Hoffmann et Jean-Paul Richter, qui ont eu leur temps de célébrité dans toute l'Europe n'ont point passé inaperçus en Russie ; mais, comme ils étaient des écrivains éminemment allemands, que l'élément humanitaire manquait à leurs œuvres, ils ont été assez vite oubliés, et ont passé en Russie sans laisser de traces dans la littérature de ce pays.

« Par son talent, dit Biélinski, Hoffmann est plus grand que Richter, son talent est plus vivant, plus brûlant que celui de Jean-Paul, les *hofrath*, les *philisters* et les pédants allemands devaient sentir la force de son fouet jusque dans leurs moelles..... Mais cet humour ne l'a pas empêché de tomber dans un fantastique absurde et monstrueux, dans lequel son talent est resté enterré comme une pierre précieuse dans une mare...

« Jean-Paul ne connaissait ni le désespoir, ni l'indignation, ni les passions brû-
lantes, et il ne lui fallait aucun effort pour
planer sur les hauteurs de la spéculation
et se mettre à écrire avec un style d'un
calme épique, lourdement élevé, souvent
ampoulé et toujours brumeux. Si par moment il descendait de ces cimes, c'était
pour se demander, avec étonnement,
comment les hommes pouvaient résister
aux séductions du romantisme, alors il
tournait contre eux son humour débonnaire, qui ne mordait pas et ne mécon-
tentait personne. Les héros de ses romans,
ou pour parler plus exactement, de ses
fantaisies nuageuses, sont, il faut lui rendre cette justice, d'excellentes gens, mais
on s'ennuie mortellement dans leur compagnie. »

Les Russes n'ont jamais montré beaucoup de goût pour la spéculation. Ils ont

toujours été beaucoup plus porté par leur
tournure d'esprit vers les sciences posi-
tives et les théories matérialistes, et se
sont montrés peu accessibles à la philosophie transcendentale. Cependant la réaction brutale par laquelle Nicolas Ier inau-
gura son règne, jeta dans le courant de la
philosophie hégélienne une partie de la jeunesse russe. Les jeunes esprits opprimés
trouvaient une justification du despotisme
qui les écrasait dans la célèbre maxime de
Hégel : « *Tout ce qui existe est raison-*
nable. »

Tourguéneff raconte dans ses *Souvenirs*
que la philosophie de Hégel a torturé en
1830 beaucoup de cervelles à Moscou.

On pouvait admettre encore la première
partie de son aphorisme : « *tout ce qui est*
raisonnable est réel », mais comment admettre la seconde : « *tout ce qui est réel*
est raisonnable » ? Était-il possible de re-

connaître le servage, qui était très réel en
Russie, comme étant raisonnable? Après
de longues discussions, on en vint à rejeter
la seconde partie. Si quelqu'un à ce moment eût dit à ces jeunes philosophes que
Hégel lui-même ne reconnaissait pas tout
ce qui existait pour réel, il leur aurait
épargné une grande fatigue intellectuelle.
Ils auraient compris que cette célèbre formule, comme beaucoup d'autres, était
une simple tautologie et, en réalité, voulait dire la même chose que la non moins
célèbre explication du médecin de Mo-
lière : *opium facit dormire, quia est in
eo virtus dormitiva* (l'opium fait dormir
parce qu'il contient le principe soporatif).

Mais, aussitôt que la théorie de Hégel
fut mise en doute, toute sa philosophie fut
jetée par-dessus bord, et quelques années
plus tard les jeunes philosophes russes,
qu'avait réunis la même doctrine méta-
15··

physique, se séparèrent définitivement
pour ne jamais se rencontrer. Ils prirent
place dans les trois partis distincts qui se
partagent la société russe cultivée : Biélinski donna dans le radicalisme, Cons-
tantin Aksakoff dans le panslavisme, et
Bakounine dans le socialisme ; quant à la
philosophie allemande, elle fut enterrée
pour toujours.

On devine aisément que, parmi les poètes
modernes de l'Allemagne, c'est Henri
Heine qui gagnera toutes les sympathies
des Russes et après lui son rival, l'honnête
et fougueux combattant, Louis Boerne.
C'est qu'il serait difficile de découvrir un
élément tudesque dans la verve étincelante
du poète de *Germania*, qui pique les philisters avec un aiguillon tout gaulois.
Est-il Allemand l'auteur de *Mentzel le
mangeur de Français*, qui, lorsqu'il vint
pour la première fois à Paris, fut saisi

d'une telle émotion, qu'il se déchaussa
pour baiser cette terre que tant d'hommes
épris de liberté avaient arrosée de leur
sang ?

Auerbach, l'auteur des *Schwarzwaelder
Darfgeschichten*, *Contes des villages de la
Forêt Noire*, était trop artiste pour n'être
pas apprécié en Russie ; cependant son
influence sur la société moscovite fut presque nulle. Malgré la recommandation de
Tourguéneff qui accompagna d'une préface la traduction russe du roman d'Auerbach intitulé : *Une maison de campagne
sur les bords du Rhin*, cet ouvrage n'eut
qu'un médiocre succès et n'obtint jamais
le centième de la popularité qui accueillit
en Russie, à cette même époque, la nouvelle école naturaliste française.

Aussi, lorsqu'après la guerre de 1870,
Auerbach donna subitement dans l'étroit
patriotisme allemand, Tourguéneff lui-

même lâcha son protégé en Russie, et revint de la haute opinion qu'il avait eue « de la profondeur d'idées et de la force de l'analyse psychologique » de celui qu'il avait considéré comme le meilleur des romanciers allemands.

D'ailleurs, le roman allemand n'a jamais été très apprécié en Russie. Gustav Freitag se serait peut-être concilié les faveurs du public russe par l'amour de la vérité qui régnait dans ses premières œuvres et leur consciencieuse observation de la vie, si sa manière maladroite de composer n'avait éloigné le lecteur en l'ennuyant.

Paul Heyse a vu beaucoup de traductions russes de ses œuvres, leur succès eût été beaucoup plus considérable, si ses romans n'avaient péché par leur romantisme allemand et un excès de sensiblerie larmoyante, qui empêchait de se livrer pleinement au charme de sa poésie par moment très captivante.

Spielhagen a eu une vogue beaucoup plus grande, mais il la doit surtout à son roman *Im Reih und Glied*, dont le héros, Léo, personnifiait aux yeux de la jeunesse russe le célèbre agitateur socialiste, Ferdinand Lassalle, et décrivait sa lutte contre la société bourgeoise. Ce roman, joint aux discours brûlants de Lassalle et au célèbre ouvrage d'économie politique, *le Capital*, de Karl Marx, ont formé l'évangile des jeunes nihilistes russes, pendant les premières années du mouvement. Mais depuis quelques temps déjà Spielhagen s'est rabattu sur le roman bourgeois, et bon nombre de ses fervents admirateurs russes l'ont abandonné.

En voyant sous quelle pression se débat toute cette partie de la société russe qui a des aspirations vers la liberté, on

pourrait s'attendre à la voir incliner vers
la sombre philosophie de Schopenhauer.
Il n'en a pas été ainsi; le pessimisme éclos
sur le sol germanique n'a pas poussé des
racines en terre slave. Les théories du
philosophe de Francfort ont recruté encore beaucoup moins de disciples à Saint-
Pétersbourg que sur les rives de la Seine.
Ce n'est pas que Schopenhauer ait été peu
étudié en Russie; au contraire, il a été
traduit plusieurs fois et a donné lieu à une
foule de commentaires. J'aurais voulu que
les dimensions de cet ouvrage m'eussent
permis de citer la très remarquable étude
de M. Pierre Lavroff : *Schopenhauer en
terre russe*, où les causes du triomphe de
la philosophie pessimiste après 1848 sont
si nettement exposées. Quand toutes les
croyances sont éteintes, et que l'égoïsme
sans frein se lance à la recherche d'une
théorie qui justifie le mal qui existe, mal

que l'égoïsme trouve plus commode de
soutenir que de combattre, alors quoi de
plus commode que de proclamer que le
monde n'est que mal, et que toute joie n'est
qu'une illusion?

Le caractère russe n'est pas accessible
à cette apathie qui permet de s'endormir
lâchement dans un égoïsme basé sur une
belle théorie philosophique. Au mal dont
il souffre, le Russe répond par ces protestations dont l'énergie a surpris le monde
entier, ou se réfugie avec l'auteur d'*Anna
Karénine* dans un mystique idéal de paix
et de justice, et cherche à régénérer le
monde par la philosophie de la bonté.

FIN

TABLE DES MATIÈRES

III. — Dostoïevski

IV. — Bismarck et Katkoff

Paris. — Soc. d'Imp. PAUL DUPONT (Cl.) 815.8.87.

www.ingramcontent.com/pod-product-compliance
Lightning Source LLC
Chambersburg PA
CBHW071817020726
47502CB00004B/1146